INK INK INK INK INK INK
NK INK INK INK INK INK IN
INK INK INK INK INK INK
NK INK INK INK INK INK IN
INK INK INK INK INK INK
NK INK INK INK INK INK IN
INK INK INK INK INK INK
NK INK INK INK INK INK IN
INK INK INK INK INK INK
NK INK INK INK INK INK IN
INK INK INK INK INK INK
NK INK INK INK INK INK IN
INK INK INK INK INK INK
NK INK INK INK INK INK IN
INK INK INK INK INK INK
NK INK INK INK INK INK IN
INK INK INK INK INK INK
NK INK INK INK INK INK IN
INK INK INK INK INK INK
NK INK INK INK INK INK IN
INK INK INK INK INK INK
NK INK INK INK INK INK IN
INK INK INK INK INK INK
NK INK INK INK INK INK IN
INK INK INK INK INK INK

K INK INK INK INK INK INK
NK INK INK INK INK INK IN
K INK INK INK INK INK INK
NK INK INK INK INK INK IN
K INK INK INK INK INK INK
NK INK INK INK INK INK IN
K INK INK INK INK INK INK
NK INK INK INK INK INK IN
K INK INK INK INK INK INK
NK INK INK INK INK INK IN
K INK INK INK INK INK INK
NK INK INK INK INK INK IN
K INK INK INK INK INK INK
NK INK INK INK INK INK IN
K INK INK INK INK INK INK
NK INK INK INK INK INK IN
K INK INK INK INK INK INK
NK INK INK INK INK INK IN
K INK INK INK INK INK INK
NK INK INK INK INK INK IN
K INK INK INK INK INK INK
NK INK INK INK INK INK IN
K INK INK INK INK INK INK
NK INK INK INK INK INK IN
K INK INK INK INK INK INK

INK INK INK INK INK INK IN
K INK INK INK INK INK INK
INK INK INK INK INK INK IN
K INK INK INK INK INK INK
INK INK INK INK INK INK IN
K INK INK INK INK INK INK
INK INK INK INK INK INK IN
K INK INK INK INK INK INK
INK INK INK INK INK INK IN
K INK INK INK INK INK INK
INK INK INK INK INK INK IN
K INK INK INK INK INK INK
INK INK INK INK INK INK IN
K INK INK INK INK INK INK
INK INK INK INK INK INK IN
K INK INK INK INK INK INK
INK INK INK INK INK INK IN
K INK INK INK INK INK INK
INK INK INK INK INK INK IN
K INK INK INK INK INK INK
INK INK INK INK INK INK IN
K INK INK INK INK INK INK
INK INK INK INK INK INK IN
K INK INK INK INK INK INK

文學叢書164

態度

壁虎 屁股

attitude

陳思宏

獻給我的母親　陳林金蟬

After great pain, a formal feeling comes.

If I read a book and it makes my whole body so cold no fire can ever warm me, I know that is poetry. If I feel physically as if the top of my head were taken off, I know that is poetry. These are the only ways I know it. Is there any other way?

Truth is such a rare thing, it is delightful to tell it.

Friday I tasted life. It was a vast morsel. A circus passed the house — still I feel the red in my mind though the drums are out. The lawn is full of south and the odors tangle, and I hear today for the first time the river in the tree.

—— Emily Dickinson

巨大的痛楚之後，一個正式的感覺來臨。

如果我讀一本書，而它讓我整個身體感到如此寒冷，沒有任何火可以溫暖我，我知道那是詩。如果我身體感覺就像是頭頂被拿掉了，我知道那是詩。這些是我唯一知道的方式。還有其他方式嗎？

真相是這麼罕見的東西，能說出來是令人愉悅的。

在星期五我嚐到了生命。它是個大分量的美食。一個馬戲團經過屋子——雖然鼓聲已遠去，我卻依然感到心上的紅。草坪充滿了南方，各種味道糾結著，而我今天第一次聽見樹上的河流。

——愛蜜莉・狄更生

態度 contents

天涯孤旅——代序

吳繼文

1

那年，男孩驟然失去了父親，男孩的母親成爲年輕的寡婦。他們成天在紐約的大街上走個不停，室內室外，地上地下。

天涯孤旅。

有一天不知什麼緣故，男孩從早上起每隔一段時間，即一次又一次緊緊抓著母親的手或袖子，抬起頭專注看著母親，不帶情緒地問道：「媽媽，你愛我嗎？」

母親第一次聽到男孩在路上這麼問，又看到男孩那蜥蜴般無辜雙眼，心中一緊幾乎當場哭出來，無限溫柔地答道：「媽當然愛你啊。」

男孩在地鐵上又問：「媽媽，你愛我嗎？」

母親很認眞地回答：「媽最愛的人就是你啊。」

男孩在路邊咖啡座上也問：「媽媽，你愛我嗎？」

母親看著眼前走過的一個衣著光鮮的紐約男人，頭也不回地答道：「不然媽要愛誰呢？」

中午過後男孩在博物館裡又問：「媽……」

母親不等男孩說完就說：「愛啊愛啊。」

男孩在黃昏的動物園再一次問：「媽媽，你愛我嗎？」

「你到底怎麼了？你有病啊！要我說幾次？一直問一直問你不嫌煩啊！」

那一天，他們在紐約的大街上走個不停，或南或北，自西徂東，向陽背風，最後走進基里柯（Giorgio de Chirico）的廣場暮色，一起成爲時間的雕像，擁抱彼此的陰影。

2

有人歌頌**愛**。有人凝視**不在**。

凝視，彷彿那裡曾經有愛。時間抽離，記憶置放於防火牆外。世界變成一場童話的遊行，但舞者會累，動物會疲憊；小丑的笑臉很快就僵住，樂聲最後也遠去了。

夢者的孤獨。凝視的人不在。

人生是不斷流轉的大馬戲團，大力士，空中飛人，侏儒，小丑，猛獸，帶來短暫的懸疑、恐怖與噙淚的歡愉，而你的存活，仰賴軟骨功，不得認父。

在艱難的世間，血緣、親情也許是人們最脆弱的阿喀琉斯（Achilles）之踵。疏離，一些敵意，一點點恨，其實是不得已的武裝，因爲你必須堅硬如外星隕石打造的鋼板，你的分子結構必須均衡，不能有裂隙，否則你或將隨時碎裂。

他永遠無法忘記小時某年冬天，看著飽受村人頻蹙耳語的中年男子背著沉重獵槍隻身走在天城山結霜草徑上離去的背影。「如今當我身處都會的雜沓之中，突然也想和那個獵人一般邁步而行：緩慢、安靜而冷漠地……」（井上靖〈獵槍〉）

在人生路途上，你們雖然同行，卻只能彼此鏗鏘相應，於是你知道了，因爲愛，才有哀傷。

3

愛德華是隻個性冰冷的瓷兔子，由於小主人的寵愛，讓他極端自負，不懂得愛。

小主人奶奶說了一個故事，一個公主從未愛過人，最後被巫婆變成了疣豬。或是意外，或是惡意，愛德華不斷被遺棄、撿拾又遺棄；他開始感到痛。有一次他被一個婦人綁在田地的十字木架上當作稻草人。「這時候愛德華已經覺得都無所謂了。他心裡想：來啊，有本事就把我變成**疣豬**吧！」（《愛德華的神奇旅行》*The Miraculous Journey of Edward Tulane*, Kate DiCamillo）

欣求穢土。

4

不久男孩和母親回到了島上，兩個人才結結實實地感知那個原本和他們血脈相連的男人——那個理所當然的存在——眞的走了；留下巨大的「不在了」。

那陣子男孩變得非常神經質，因爲他要求自己負起責任，把母親看得緊緊的，唯恐她崩潰。

原來非常怕黑、怕夜晚一個人的母親，則告訴自己必須勇敢面對這個生命中的難題，要接受黑夜孤單的神秘。「如果他回來找我……」

但母親還是再婚了，和一個比她年輕許多的溫柔男子。男孩這才踏上屬於他的天涯孤旅。

他無法原諒母親那麼輕易的遺忘。他不了解一件事：母親深信，發生過的事情，就永遠不會消失，因爲**每件事都有專屬於它的時間**，而時間不會背叛時間。

遺忘算什麼？它永遠無損於事實，甚至無損於夢。

「這些你是不懂的，只是現在的你有現在的哀歡，就像當年的我一樣。」母親最後給他寫了一封信，「人不可能停留在一個點上，即使他想；不能只停留在昨天而永遠不抵達今天。」

「人生大約如此：總是有些困頓，同時也有些赦免。」她說。

序篇

分裂的時候，原來無聲。

沒有尖銳指甲劃開蒼蠅腹眼的嗡嗡尖叫，也沒有動脈和利刃熱烈廝磨之後，鮮血嘉年華噴灑，擁抱死亡的歡慶。

血肉無聲分裂，一半的我，和另一半的我。兩個我在分裂之後對峙相看，之間還絲連著黏稠的血肉牽連，像是剛撕開的蒼蠅黏紙。兩個我各往外跨出一大步，以逃脫的姿態奮力擺脫彼此，纏繞的血肉緩慢而劇烈地拉扯，痛。

無聲的痛，最痛。

我是壁虎。我是屁股。

我是壁虎。七彩聚光燈綻放如花朵，灑下光束，砸在我身上。是的，光束有重量，在黑暗的馬戲帳棚裡，光束重如鎖鍊，把我鎮在凝視的中心。光束還具有腐蝕性，侵齧我的骨頭，直到我像蛇般蜷曲，雙腳在頸部結出個麻花辮，雙手纏繞成藤蔓。

我沒有骨頭。

我聽不到掌聲。我知道黑暗中有幾千雙手拍擊著，但是我聽不到那些掌心裡炸開的震動。

我只聽到，背上的壁虎吱吱鳴叫，每次我即將失去，我就會聽到這樣的悲鳴。燈暗了，我臉上的油彩眼淚般氾流。

掌聲走了，骨頭走了，母親走了，父親走了，女孩走了，姊姊走了。都走了。只有我留下。

我是屁股。七彩聚光燈是指尖銳利的爪，抓過我的身體，觀眾看不到，我卻感覺得到身上一道道抓痕，在光裡迅速流血又生疤，每一次表演就是一次痛楚。傷疤根深到骨骼裡去了，我的骨頭與骨頭之間不是關節，而是傷疤。傷疤連結我的每一根骨頭，我出走之後，我分裂之後，每走一步，骨頭就跟著轉動一次，喀啦喀啦不是關節轉動，而是傷疤再度裂開的痛。

我聽到掌聲響雷般炸開。總是在這一刻，我會聞到雜糅著過期起司、長蛆腐肉、與幾個禮拜沒清洗的油頭皮味道。這味道分明是屍體，總勾引我想起童年，依戀舊時的那種上癮。

我再也不化舞台妝了。

沒有彩妝勾勒立體，我的五官在聚光燈下融成一片模糊，這樣好，沒人可以認出我。反正舞台下的我幾乎不存在，人群裡安靜地匍匐，不讓任何人聽到我身體裡各種關於身世、情慾、過去、秘密的引爆。

他們對著空蕩舞台叫安可。

我卻走了。

我知道你聽不懂我的囈語。

跟我來。

傾聽我在分裂之前之後之間，屁壁屁虎壁股虎股，我的態度，我的失序分裂。看到了嗎？帳棚底下一隻獅子嗅聞著我背上的壁虎，牠雖然被飢餓驅動著，卻不想吞噬我背上的壁虎。因爲牠在那隻壁虎身上，聞到一個早已潰爛的傷口，傷口裡埋藏著秘密，不准開啓。

而我，卻一直往秘密裡走去。

壁虎態度。

人生是不斷流轉的大馬戲團，大力士，空中飛人，侏儒，小丑，猛獸，
帶來短暫的懸疑、恐怖與噙淚的歡愉，而你的存活，仰賴軟骨功，不得認父。

第一章 師傅

「態度，就是態度。在我面前，態度最重要。」

那是父親時常重複的話。

但是對於他，我並不是他的兒子。我是一頭鬃毛蓬鬆著野性的獅子，一隻身上紋路仍排列著反抗基因的老虎，只有鞭子才能馴服我。

只有鞭子才能讓我住嘴、臣服、並且遺忘。

他要我記住這句話，時時演練我該有的態度。他幫我鑄了一個模，把我壓進模裡，形塑一個他要的姿態，行走、呼吸、眨眼、擺動、皺眉、微笑、哭泣、劈腿，甚至放屁、掏耳、噴嚏、挖鼻、搔癢，每一個牽動身體的細微動作，都必須順服他爲我打造的，態度。

當我還是壁虎的時候，這句話，總是我體內無法驅趕的迴盪。

是的，在我體內。我五臟血肉骨骼互相拉扯出的某種我根本探鑿不到的深層體內，沒有住著其他話語，只是這一句。我知道就算我斧開自己的身體，用雙手在糨糊血肉之中來回攪和，我也尋不到這句在我體內生根散葉的話語。

我找不到這句話。但是這句話，就在那裡。

那裡，是。

哪裡？

我也不知道。但是，我的身體一直不斷帶著我往那未知的「那裡」奔去。而我根本清楚，那裡是禁地，有一扇屏門，父親不准我開啓。

我還記得父親第一次帶我進馬戲團當學徒的那天。

我是在馬戲團中長大的，對於帳棚底下的生活並不陌生，但是那次不同，不僅是一個新的馬戲團，而且我是進去正式當學徒，即將變成馬戲團的一分子，表演的一部分，不再只是場邊玩耍的小孩，跟著觀眾爲舞台上的父母喝采的小孩。出門之前，父親用剃刀把我頭上濃密的森林剃光，銳利刀鋒貼緊頭皮快速除去我濃密的髮，他說：「頭髮走了，煩惱也跟著走。叫你不准記住的事，你忘了就是忘了。」我感到頭頂一片寒冬荒蕪，鏡子裡的臉孔彷彿也跟著蕭瑟，身體迅速枯萎，雖然明明是夏天。「今天正式帶你進團，記住，我也剛加入這個團，以前的團我們是絕對不會再回去了。往後一段長長的路要走，你照著我說的，往前走就是了，不准回頭，一回頭，賞你十個藤條，直到你繼續往前。」

盛夏燔燒，他牽著我的手站在豔陽下，陽光在我的禿頂上燒烤。遠處，一個深藍色的大帳棚矗立在空曠的草原上，在陽光照射下閃爍著奇異的光澤。草原上綻放著紅色的火球花、黃色的鼠麴草，我抓取身旁的草葉，用指尖碎裂葉面，讓羅勒的刺鼻香氣隱約圍繞著我。不遠處有個火車站，一列火車滑過鐵軌疾駛而過。父親放開我的手說：「深呼吸。」當年我十歲，父親是我的天，我的唯一，他的命令是我身體的直接反射，我鼓起胸膛把周遭的空氣全吸納至我的身體裡。「聞到了嗎？帳棚帆布在太陽底下曬出的刺鼻味。你這一輩子都要和這種味道相處，要習慣，最好要上癮。」沒有，我聞不到帳棚味，只有花草香。我更用力地深呼吸，努力將鼻腔擴張成兩個飛機場跑道，方圓百里各種關於我的未來的味道都在其中紛紛起降。聞到了，我似乎聞到了。我聞到獅子腳掌隱隱摩擦出的莽莽非洲大草原、大象鼻子粗皮皺褶裡暗藏的腥臊泰國河流、還有猴子霞紅屁股上頭殘留的南美洲叢林，連蟒蛇身上紋路編織成的巴西泥土我都聞到了，但是就是聞不到帳棚的刺鼻。我對於前方陌生的帳棚，有著各種的想像，也努力掩飾著我的顫抖。

他揩去我額頭上的汗珠，彎身在我的耳邊喃喃：「說過了，一進了帳棚，不准，別問爲什麼，就是不准，叫我，爸爸。」

「我知道，爸……」

啪！他一巴掌烙在我臉上，我輕盈的身體飛出去，和疼痛一起陷落在草原裡，火球花扎進我的皮膚，蒲公英花瓣四處飛揚，我只是閉上眼睛，試圖抹去前方遮去陽光的父親巨大身影，我沒有喊痛。

他望著遠方的帳棚說：「站起來。」

「是，師傅。」我沒有哭，十歲的我，沒有哭。在師傅面前哭，對他來說就是一種反抗。

師傅露出滿意的微笑，快步往帳棚行去，我在後頭奮力趕上。迎面溫熱的風撫過臉頰，催化疼痛。我早已習慣不哭喊出聲，連心裡的微弱哭泣都不讓父親，不，不，不，不讓**師傅**聽見。

我們經過帳棚外面的動物柵欄區，眼前的景象卻背叛了我的想像。馬戲團的動物明星完全不是我想像中的備受尊寵，牠們只是被囚禁的奴隸：獅子在籠裡打盹，大象眼神憂鬱地看著我，猴子打著呵欠，蟒蛇像條枯繩垂掛牢籠裡。所有動物的糞便許久沒人清理，在太陽底下恣意發酵，大批蒼蠅黑毯般嗡嗡集結，披覆在獅子的身上，獅子不咆，腳掌的非洲草原沾染久未清理的糞便，牢籠裡沒有王者奔跑，蒼蠅爲王。

師傅掀開帳棚的帆布門，見我遲疑，用力地把我推向前。

我踉蹌幾步，尾隨的動物糞便味被關在門外，取代的是刺鼻難耐的帆布味。我終於，聞到了。用鐵架撐起的藍色大帳棚，在盛夏裡悶煮著高溫，帆布散發出令我作嘔的刺鼻。我抬頭，頂上幾個空中飛人正在盪鞦韆，氣喘咻咻地在半空中飛翔；一個女孩打把傘、嘴裡叼火、還騎著單輪車在細鋼索上來回。她看了我一眼，然後倒立在單車上，嘴上叼的火炬背後，有我看不清楚的表情。

「嘿嘿，臭小子，歡迎來到馬戲團！你叫什麼名字啊？」一個光著上身的凸肚男人就著繩索從上方的高架滑下，臉上的小丑花妝因爲帳棚裡的高溫而融糊，整張臉像是得了壁癌的牆。

「叫他壁虎。」師傅代我回答。

「壁虎？喲，莫非你是來學飛簷走壁？或是你會像壁虎那樣，吱吱吱叫？還是你長得像壁虎？」

師傅給我一個眼神，示意我回答。我壓抑住別開臉的衝動，看進小丑的臉說：「小丑伯伯你好。我身上有個很像壁虎的胎記，所以大家都叫我壁虎。」

「眞的啊，那我可以看一看嗎？」

我正準備掀衣服，師傅馬上轉話題：「壁虎來學軟骨功的。」

我那時還不知道，師傅不想任何人看到我的壁虎胎記。

連他自己，也不想看到。

小丑打量我一番，把我整個人抓起來左翻右翻，捏我的手臂，丈量我的比例，我只是任由擺布。小丑笑著說：「這小子骨架好，年紀也對，態度也不錯，還叫我『小丑伯伯』呢！眞有禮貌，哪兒找來的啊？」

「收養來的，在前一個團跟了我一陣子，是個孤兒。」

小丑露出憐惜的表情說：「唉呀！眞可憐。沒關係，加入我們就不是孤兒囉，這裡每個團員都是你家人，每個人都很歡迎你的！」

師傅拉住我的肩膀，十指陷入我的皮肉說：「壁虎，進來了，態度最重要。這個帳棚以後會是你的家，記住，在馬戲團裡，態度，最重要。學習，努力學習，聽到了沒？」

我頭部晃了晃，自己也不清楚是點頭稱是，還是根本過於緊張。

小丑用炸開如瀑布的袖子擦拭臉上融掉的彩妝，整張臉變成打翻的調色盤。他拿起喇叭，使勁吹奏了一小節進行曲：「注意！注意！注意！我們『達芬奇馬戲團』今天來了個新成員，壁虎！」

正在練習的馬戲團成員們紛紛從練習彈簧床上跳下來，聚攏在我身邊，對著我投射好奇的眼光。

「這個小不點就是壁虎啦，別看他個頭這麼小，聽說從小就跟著他師傅學軟骨功喔！基礎打得很好，以後就是和我們南奔北走的團員之一啦！大家掌聲歡迎他！」小丑的說話的方式像是對著幾萬人宣布，完全專業姿態，洪鐘音量在帳棚裡迴盪。

師傅用手肘推了我一把，示意我說話，我趕緊說出早已熟背的開場白：「大家好……我的名字叫壁虎，我今年十歲，希望大家以後多多指教。」這是師傅出門前要我不斷演練的台詞，我謹慎地一字字吐出，語調僵硬。

團員們禮貌性地拍拍手，我因爲緊張而全身溫熱，不敢抬頭看眼前包圍我的陌生面孔。

「我是團長兼小丑，也是表演的主持人，我來介紹我們每一個團員給你認識：這是陳氏飛天三兄弟，你剛剛已經看到他們的練習囉！」三個兄弟年紀很接近，身高排列剛好斜成坡，我注意到他們長年抓鞦韆的雙手長滿了硬繭，所以掌心拍擊出來的掌聲有一種粗莽的厚度。其中一個用手拂過我光禿的頭，厚繭沙沙擦過我的頭皮，我幾乎可以在那手裡聽見空中飛翔的高速。

「這群小女孩是叮噹扯鈴隊！」一群約十七八歲的女孩團團包圍住我，對我又親又摟，喉間發出各種語調奇異的聲響，我卻一個字都聽不懂。「她們每個人都聽不到喔！所以她們講的話你聽不懂啦！」女孩們用繁複的手勢彼此溝通，都對著我露出興奮的微笑。

「然後是水缸裡的呑火娜娜！」我往旁邊一看，一個透明的大水缸裡頭漂浮著一個長髮女子，她身體下半部是魚身，在水裡泅著。她用魚尾濺出水花跟我打招呼，我睜大眼睛，不敢相信我所看到的。

「呑火娜娜住在水裡的，從來不出來的。然後，這是鋼索女，也是我的女兒。」

「壁虎你好。」跟我握手的是我進帳棚時看到正在鋼索上練習的女生，比我大幾歲，眉宇瀰漫著驕傲，我直覺她並不喜歡我。

「最後是馴獸師白火！這裡的動物每個都只聽他的話，眞正的萬獸之王喔！」

白火一身白晰，頭髮皮膚都是極淡的顏色，身材猛壯，腰間繫了皮鞭，白色亮皮長靴上綁著銳利的小刀，一嘴銀色鋼牙，笑起來像是白霧裡忽然亮出一把閃閃銀刀，殺氣天成，把我嚇退個兩步。

小丑繼續開心地說：「我們達芬奇雖然是個小型的馬戲團，但有了新成員的加入，相信我們會越來越壯大！各位，這幾天帳棚架好了，票也開始賣了，下禮拜就要正式開始我們在這裡的表演，我們剛來到這個都市，希望這次票房大成功！」不知道爲何，小丑舞台式誇張風格讓我有一種無法安心的不確定。而且在那場師傅要我忘記的喪禮上，師傅爲我化上誇張的小丑妝，從此以後，我十歲的心靈就不再覺得小丑是逗我笑的角色。七彩條紋以幾何的圖樣在臉上蔓延成一張面具，擋住了眞正的臉孔，遮蔽了眞相。那樣的一張面具，只是虛假。

師傅向所有團員一鞠躬說：「壁虎還小，生活上還有許多需要各位教導的，我是看他長大的師傅，如果他有錯，不肯學習，請各位別客氣，不要看他年紀小，直接教訓他，他死去的父母會感激各位的。」

我沒有抬頭看師傅，他當眾宣布了我的父母死訊，也等於是給他自己的父親身分判了死刑。我當時不懂，但是知道，我的父親的確是死了。現在在我身邊的，是我的師傅。師傅師傅師傅師傅……我在心中反覆默唸，企圖驅趕任何與父親有關的語言連結。

正式介紹之後，團員們便散開，回到自己的練習崗位。扯鈴開始在天空如蜂嗡嗡飛舞，空中飛人開始在鞦韆上展開翅膀，美人魚發出嘹亮的歌聲，鋼索上的小女孩耍著彩帶，馴獸師的皮鞭猛力擊向地上，帳棚後方的獅子聽到了主人傳來的指令，低沉地吼了一聲。我站在其中，想起了母親。

我也在心底，低吼了一聲。師傅，你聽得到，我的低吼嗎？

我就這樣正式開始，我的馬戲生涯。帶著師傅爲我剪裁好的態度，我一腳踏進了帳棚。我十歲懵懂，卻可以預知，在這個大帳棚裡，我的命運將在其中悶煮過無數個冬夏。

我深深吸一口氣，這個陌生帳棚裡的帆布味，開始滲進血液了。

清晨，我清楚地感覺到身體裡進行那場喪禮，不斷反覆。

我不懂死亡。我只知道，那場喪禮之前之中之後，許多人離去了，而且永遠不會再回來了。我不懂喪禮上的所有儀式，只知道，我確實失去了。喪禮之後，我也必須和師傅一起離去。我們把草原拋在後，把旋轉木馬拋在後，把白色房子拋在後。

在那場喪禮當中，我並沒有哭泣。師傅不准我哭泣。而總是在清晨，我弱小的身體從凌亂的夢境分娩而出，我一身汗水氾濫，宛如新生兒胎盤黏膩，我才任由自己輕輕啜泣。是的，只是啜泣，即使我身體裡大規模地思念，我依然沒有嚎啕，只是安靜地在被窩裡流淚，讓床褥吸納我的啜泣。我不能讓身旁打鼾的師傅知道我的哭泣，這是我一天裡唯一走私的反抗。

每個團員都睡在拖車改裝成的房屋裡，接上卡車馬上可以開走，往下一個城市奔去，我從小便習慣這種流動的房屋。他們說，我就是出生在這樣的拖車裡。我看著熟睡中的師傅，和窩在他身邊的慾望拉扯著。他很久沒抱我了，成了我的師傅之後，更不可能抱我了。

早餐的時候，一個臉上皺紋蝕刻的男人一把抱起我，猙獰著笑容對著我說：「到達芬奇的第一天喔，睡得好不好啊？等一下我們就開始你的訓練，看看你什麼大概時候可以準備上台表演。」我才發現他是小丑。卸了妝的他有張悲傷的臉，皺紋蜘蛛網似地爬滿全臉，髮絲稀疏蒼白，跟滑稽的小丑裝扮宛如兩個不相干。我在他額頭深如壑的紋路當中，發現沒有卸乾淨的彩妝，是這張似乎隨時都要哭泣的臉上唯一的歡笑殘留，但終究只是殘留，像是遠方的悶雷，面前還是一張悲傷的容顏。我突然也想盡快塗上討厭的小丑妝，遮住臉，遮住我。

「把你自己裝進去。」

早餐後，我站在圓形的馬戲團表演區，師傅把一個口徑窄小的紅色水桶放置在我面前，命令著我。我知道，師傅要小丑老闆看看我的軟骨功夫到哪個境界。我被四周空蕩蕩觀眾席環伺著，馬戲團的表演者也都開始熱身練習，扯鈴、飛人開始佔領空中，人魚吞火娜娜在水缸中用鰭拍濺出陣陣水花，帳棚後房的動物柵欄區傳來獅吼聲，整個帳棚開始像個訊號不清的收音機，充滿各種雜亂的聲音。

「快，把你自己裝進去。」

我再度，瘋狂地思念母親。

以前總是媽媽，帶著我做軟骨功。

師傅把立著的桶子踢翻，大聲斥喝：「快，給我進去！」

我閉上眼睛，開始被紅色包圍。

媽媽表演的時候身上愛穿的紅色，閃著光澤的緞面絲質紅色，在燈光照耀下反射星光點點的紅色。媽媽說，要把身體當作柔軟的布料，人每天走路奔跑仰頭低頭彎腰坐下，都是僵硬，那是機能的退化。其實看看每一個初生寶寶就知道，人生來就是以柔軟的姿態俯仰，腳掌可以輕易地和頸背打招呼，額頭可以穿越跨下倒著看這個世界，雙腿可以劈開朝向南北極，然後東西南北像是指南針一樣四方游移，所以我們的身體只是都遺忘了這樣的柔軟。媽媽說，我們的骨頭越長越大，也越長越堅硬，但並不代表我們越來越堅強，反而只是遮蔽了我們與生俱來的柔軟。她要我學會失去骨頭，把自己柔軟成一條躍滿魚群的河、一條纏繞脖子的溫暖圍巾、一首讓人哭泣歡笑的詩。我想著媽媽，想著她像一張紙一樣折疊，對著我說：「來，跟著我做，先劈開腿，腰部肌肉放鬆，胸部往地上伏貼，然後轉動每一個骨關節……直到你聽到那些骨牌推動，碰碰碰碰……直到你發現自己沒有骨頭了。」是的，我聽到了，皮膚底下的骨牌推動。沿著我的每一根骨頭排列的骨牌，在媽媽的溫柔召喚中，開始向前推，每往前一點就推倒一點堅硬，像是清水裡滴入紅色的顏彩，快速擴散出鮮紅色的樹根蔓延，柔軟的骨牌往前推散，直到我被全然的紅色包圍，直到我只聽得見媽媽的話語，直到我終於，失去了骨頭。

師傅的手掌在半空中揮舞，像是裝滿子彈的槍，準備朝我的臉射擊。小丑則是擋住了師傅的威脅，靜靜看著我。他彷彿，注意到了我身體的微妙變化。

水桶張開大嘴等著我，像個補獸陷阱。我身體像是敞開的書，從腰間闔上，我把自己折成一本薄薄的書，從臀部塞進水桶，用手抵住水桶邊緣控制速度，直到我整個人完全被紅色水桶包覆，我閉上眼睛，水桶的塑膠材質把我和世界隔開，突然我覺得安全。世界是紅色的，我居住在這裡，媽媽也在這裡。

我把雙手伸出桶子外，用手當腳，支撐起整個身體，以師傅爲中心繞場一圈，然後一個後空翻，雙手著地。我放開雙手，整個人埋進桶子裡。看起來，就像是我消失在桶子裡一般。

然後，我聽到零星的掌聲，穿透桶子。

我背上的壁虎，也輕輕鳴叫。但是只有我聽得到。

師傅把我拉出桶子，要我向大家鞠躬道謝。我離開桶子裡的紅色世界，看到一雙雙眼睛注視著我，這種注視就像是輕盈的羽毛，悄悄搔弄著我的感知，不舒服也不自在。

「壁虎果然有底子，好好，這樣我就可以好好設計你的節目，觀眾最愛看小朋友了，尤其你長得這樣眉清目秀，一定會吸引許多的觀眾！你師傅果然教得好啊！」小丑開心地說。

師傅眼神透露些許驕傲：「壁虎以前都只是跟著我學，從來沒有正式登台過，所以還需要很多磨練。我打算給他設計一套新的動作，希望不久後就可以上場表演。」

我深深一鞠躬，鼻尖貼緊地面。

我再度開始了軟骨生涯，這是我最無意的違背。媽媽，對不起，我沒有離開，我沒有去上學，我回到了馬戲團。我背叛了媽媽。我身體所有的重量都被壓在鼻尖上，我只好倒立，在師傅的指令當中，繼續折疊身體。

沒有人看出，我倒立，其實是因爲失衡。

我馬上開始了每天嚴苛的身體訓練，一大早跟著師傅繞著圓形帳棚疾跑十圈，然後進行重量訓練，接著伸展拉筋，跟著師傅開始排練兩人軟骨功表演。師傅練軟骨功已經超過二十年，他以最嚴苛的標準來訓練我，一有達不到他的標準便是穢語辱罵，甚至是怒拳以對。馬戲團下週便要正式開始演出，師傅希望我趕快加入他登台：「我知道我一個人根本吸引不了太多觀眾，我畢竟已經有點年紀了，而要在這一行撐下去，不求新求變吸引注意，很快就得不到掌聲，然後就被淘汰了。你是我的秘密武器，我知道觀眾一定會喜歡你。」

除了嚴苛的訓練，在團員分配工作的時候，我還被分配到和小丑團長的女兒一起定期打掃動物柵欄區。

我和她約好在晚飯後開始第一次清掃，我們決定從清掃動物糞便開始。我拿著各種清掃用具站在柵欄區等待，明月當空，照出柵欄區的凌亂。我和籠子裡的獅子對看，牠正啃著一塊血淋淋的生肉，飢腸轆轆的眼神透露著不友善。我等了許久，鋼索女還是沒有出現，只好自己開始打掃。我一個人對抗著螫人的蚊蠅，把籠子底下的動物糞便掃除。

掃除完畢之後，我全身隆起一座座紅腫的丘，奇癢難耐。我走去小丑老闆和鋼索女睡的拖車敲門，小丑老闆從窗戶伸出頭來：「喲！壁虎哩！這麼晚來找我幹嘛？」

「我找……小丑老闆晚安，請問鋼索女在嗎？」

「她不是跟你去打掃？還是她根本沒去，偷懶去了？」

「喔……沒有啦！我們剛剛掃完了，只是她先走。我只是想要來跟你借藥膏，我被蚊子叮得很慘。」

小丑老闆把我拉進拖車裡，拿出萬金油，從我的頭頂到我的腳踝，慢慢地塗上一層辛辣刺鼻的藥膏，迅速抒解了紅腫。小丑老闆的拖車裡頭堆放著各式舞台道具，枯萎的花圈、頹喪的氣球、生鏽的喇叭、發霉的戲服，在昏暗的燈光下，照耀不出一點歡樂的氣氛。有一面牆上全部貼滿了照片，全都是馬戲團表演藝人的照片。「加入馬戲團很辛苦喔！一般的小孩吃飽飯就等著睡覺，你卻要上工。沒關係！壁虎，我也是這樣過來的，這裡每個人都是這樣過來的。」小丑擠捏我的臉頰，我有種面對父親的錯覺。

「壁虎小弟，我們下禮拜六就要開始演出囉！下禮拜六開始，每天就會有一批一批的觀眾，坐著火車、開著車來看我們演出喔！現在票房可好的哩！對了，你等一下回去，順便經過白火的拖車，看我女兒有沒有在那裡，我看她一定是掃完就跑去找白火，她喜歡去那裡聽白火吹噓他巡迴全世界的故事，拜託，誰都知道是假的啦！我從小看他長大，會不知道他到底去過哪些地方？跟鋼索女說該回來睡覺啦，明天一大早就要架上燈光了，有得忙了。」

我離開小丑拖車，月亮被雲遮住，夜色凝重，全然的黑暗向我襲擊。我劈開黑暗，往白火的拖車摸索而去。

我聽到，白火拖車下方有雜草摩擦的聲音。我無聲地往聲音的來源走去，逐漸聽到刻意壓低的人聲。我一個踉蹌，跌在乾燥草地裡，驚動了拖車下的動靜。月光此時突然露臉，鋼索女從拖車下跑出來，赤裸的女身在月光下顯露，我趕緊摀住嘴巴，制止自己驚叫。

我眼前，站著一個正開始發育的少女胴體，如一張紙攤開在黑暗中，在我眼前顯露。我看到鋼索女無聲張嘴的表情，彷彿默片裡的演員尖叫，沒有高分貝鼓動耳膜，只有驚恐的扭曲。然後白火的白色身影閃過眼前，像是鬼魅從拖車底下飄浮到我眼前。他用強壯的手臂抓起我說：「你什麼都沒看到，知不知道？」

我一身盜汗，額頭上的藥膏在隨著汗水竄流，螫刺我的眼睛。

「有沒有聽到？你什麼都沒有看到！」

這句話，聽來太熟悉。我以前的父親，也在一個類似這樣的夜晚，這樣跟我說過。

鋼索女爬回拖車底下，抓住她的衣服，趁著夜色奔逃。那個奔逃的背影，在夜色的掩護下邊跑邊穿上衣服。

白火的力道快要折斷我的骨頭，我卻一句話都說不出來。我突然癱軟在他的身上，夜色侵蝕我的骨頭，我失去了骨頭，整個人像是蛇滑溜出白火的身體，他力道再猛也抓不住我。

白火的話讓我再度想起那個晚上，失去母親的晚上。

白火繼續用力搖晃我，壓低聲音在我耳邊喃喃：「你到底有沒有聽到？」他壓在我身上，皮膚底下的藍色血管沸騰著憤怒，在夜色裡熒熒發光。

而我，聽不到白火的低吼，只聽到父親的腳步聲。

是的，那樣的走路頻率，騷動四周空氣的節奏，我已經太熟悉。

師傅箭步衝過來把白火推開，抱起趴在地上的我說：「壁虎什麼都不會說的。就算他看到任何東西，放心，他什麼都不會說。」

師傅抱著我離開白火的拖車。我回頭看著白火，他的藍色血管在他的白晰皮膚上一條一條暴露，整個人在夜色裡燒成一把赤裸的火，彷彿也照亮了四周。

那是，師傅最後一次抱我。

那天夜裡回到拖車之後，師傅沒和我再說過一句話。他一如往常鋪被整席，很快地便沉沉入睡。師傅的鼾聲撞擊著拖車老舊的鐵牆，刮除牆上的斑駁鏽漬，變成渾濁生鏽的回音反射，針筒般注射進我的身體。師傅清楚我的確不會向小丑老闆說出我今晚所見，因爲我一向懂得馬戲班子裡的複雜人際，雙唇間塗上黏膠，不輕易吐出秘密，這是母親從小教我的。母親，本身就是一個裝滿秘密的保險櫃。

我在師傅鼾聲攀升到我忍耐的極限時，無聲地溜出拖車。我穿過月光染色的草地，光腳踏過許多夏夜盛開的香花，走進帆布帳棚裡。帳棚裡沉靜無聲，帆布像是密織的篩網，月光從孔隙灑落，讓整著帳棚像個藍黑的深海。我摸黑走到觀眾席，併了幾張椅子躺下，光腳丫傳來濃烈的花草，薄荷和羅勒在腳指縫間殘留著令人安定的新鮮香氣，逐漸在我鼻腔中瀦滿睡意。媽媽說，我是個喜歡夢遊的小孩。七歲那年，媽媽醒來卻找不到身邊的我，喚來眾人尋找，最後才在馬戲帳棚裡的觀眾席找到我。從那次以後，每次我在夜裡遁失，媽媽總可以在清晨空蕩蕩的觀眾席找到我熟睡的身影。

這個觀眾席對我來說依然是陌生的，但是這樣的靜默，這樣的溫度，空氣中除了帳棚後方動物群的隱隱鼾聲外，這個深藍色帳棚就是個安靜的深海，鯨豚安眠，魚群沉睡，裡頭就只有我，我覺得安心。我眼睛輕輕闔上，好似安穩的一覺之後，媽媽的微笑臉龐會搖醒我：「壁虎先生，下次可不可以請你夢遊的時候順便帶個小被子？著涼應該是夢遊最大的副作用喔。」一段時間以後，我每次上床睡覺之前，媽媽都會在我腰際綑繫一條棉被，以防我夢遊時惹上感冒。當時師傅曾經提議把拖車的門給多上一道鎖，讓我夜半無法無聲逃脫。但是母親反對，她說：「壁虎可是會軟骨功的，就算四面牆壁只剩一條細縫，他也會鑽過去。」

多年之後我才瞭解，這是母親給我的自由，要我一輩子不要遺失的身體自由。

噗通。

水花濺開的聲音，突然迴盪在帳棚裡。

這個陌生的帳棚海域，原來不只我一人。

我起身，循著聲源看過去，呑火娜娜的水缸在黑暗裡發著光，水波漣漪。

「我知道你今天晚上看到了什麼。」

這是我第一次聽到她說話。

我呆立原地，沒有對她的聲音做出任何反應。

「我說，我知道你今天晚上看到了什麼。」她的聲音在帳棚裡迴盪，刻意提高的音量非但不刺耳，反而柔軟如水，像在唱歌。

我慢慢地往水缸走去，看到呑火娜娜一半的身體隱入水中，上身掛在水缸邊緣，微笑看著我。

「妳也看到了嗎？」

她喉間釋放笑聲煙火：「哈哈哈，白火和鋼索女的事，我一直都知道。你不要看我都在這裡沒有離開，這扇窗戶可是可以讓我看見許多事情呢。」她指著水缸上方的一道帆布開口，其實是老舊帳棚被歲月割開的破洞。「從這裡，我剛好面對團員住的拖車，所以什麼事我都看得到，而且沒有人知道我看得到。」

月光從帳棚破洞竄入，照亮她的臉龐。那是我第一次正視她的臉龐，是一個線條溫柔的年輕臉龐，蓬鬆長髮隨意散著，不曾停止微笑。

「別擔心，我不會跟任何人說你也看到了喔，就當作，我們之間的秘密。」

秘密。我不喜歡秘密，我不懂爲何人們爲什麼有這麼多秘密，一旦揭開就可能讓表面的平衡崩解。

「妳……眞的一直都住在水裡嗎？都不會出來嗎？」

「哈哈，你以爲我眞的是一隻魚喔！隨時都在水裡我不會淹死才怪。」她手指水缸旁邊一個架高的平台，上面置放著一張大沙發。「我剛剛本來在沙發上睡覺，聽到你來才跳進水中，跟你打聲招呼。」

我看著她水面下的身體，白天我看到的魚鱗已經不見了，但是她的雙腿從膝蓋以下緊緊併攏著，像是被隱形的繩子綁住。

「我的腿張不開啦，別看了。」

我驚訝地張開嘴巴問：「張不開？爲什麼？還有，妳的魚尾巴呢？我一直以爲妳眞的是一條美人魚，每次都想問妳，但是都不敢。」

「哈哈哈，你終於像個十歲的小孩了！每天看到你跟你師傅在練功，都是一副戰戰兢兢，緊張到不行的樣子，十歲的小孩就應該是蹦蹦跳跳，但是你卻乖得跟自閉小孩一樣，原來你也有一堆問題想問呢！」

我馬上低頭，的確，我問太多了。

「拜託，我讓你問啦！我又不是你師傅，不會對你兇。」

「對不起，我該走了。」我轉身欲走，卻被她大聲喚住。

「壁虎！我沒有罵你的意思啦！眞的眞的！我讓你問，什麼問題都可以，反正我從小到大被問得很習慣，我自己以前也常常問自己很多很多問題，所以眞的沒關係。」

我轉身看她，一彎微笑明月在臉上劃出眞誠的弧度。突然，我發現我信任她。

「放輕鬆，我不是你師傅，不會罵你啦。」見我留步，她開心地用下半身濺出水花說：「先回答你的問題啦，我的腿合在一起張不開，是因爲我生下來就是個怪胎。」

「怪胎？」

「對啊，我生下來就是個畸形兒，雙腿黏在一起，我也是最近才從醫生那邊知道原來我有很罕見的『併肢畸形』。我的父母大概都被我嚇到了，所以把我給丟掉啦！所以我跟你一樣，壁虎，都是孤兒喔。」

我臉色一沉，是啊，其實我也算是孤兒。我小心翼翼地問：「他們……把妳丟掉？」

「對啊，我是在廟裡長大的喔，聽尼姑們說，是在寺廟前面一棵樹下發現我的，那時候剛好秋天，我被埋在層層落葉裡，沒有哭，看到尼姑們還笑得很開心。她們馬上就收留我啦，所以，我是廟裡長大的喔。有一天，小丑老闆來廟裡拜拜，剛好看到我爲了幫忙清理廟裡的魚池，整個人跳進去水裡拿著網子東撈西撈的，還跟肥大的鯉魚在水裡一起跳來跳去，然後他驚訝地發現我雙腳根本張不開，他馬上跟我說他正在成立一個馬戲團，看到我先天這樣，還這麼能游泳，希望我可以加入馬戲團。那時候我比你還害羞，但是我知道自己不可能一輩子都在廟裡面不走，那時候我已經十八歲了，卻什麼地方都沒去過，所以我考慮幾天之後，就決定加入馬戲團了。小丑老闆幫我訂製了一件特製的人魚裝，讓我穿進去看起來剛好就是一隻魚，我只要在觀眾前面游來游去，唱首歌，就會換來許多的掌聲，漸漸地，我不在乎別人把我當怪胎了，其實在馬戲團裡，大家都是怪人，所以我發現自己比較不那麼突兀了。而且在這裡，我可以不用靠輪椅過日子，不用遮掩自己的缺陷，反而可以大膽地展現我的缺陷，而且，最重要的是，我因此跟著馬戲團南北巡演，去過了許許多多大城市、小地方。我現在，可是一隻快樂的魚喔！醫生跟我說，我的病其實存活率非常非常低，但是，我的內臟器官很完全，能活到現在根本就是個奇蹟！」

我被她的快樂感染，繼續問：「那爲何妳叫做呑火娜娜？」

「哈哈，那可是我的絕活，我可以邊游泳邊表演吞火，怎樣，很恐怖吧？」

「好厲害喔，我只會軟骨功。」

「不，你也很厲害，你在練習的時候我都有在看，你簡直是一條蛇，把你當橡皮筋折來折去都可以。」

我打了個呵欠，嘴巴呼出濃重的睡意。

「去睡吧，壁虎，我們改天再聊。」

「我……以後半夜跑來這裡睡覺，妳……可以嗎？」

「只要你願意放輕鬆跟我聊天，當然沒問題囉！去睡吧，把今天晚上看到的忘掉，白火這個人，以後少和他私下碰頭，一切就沒事啦。」

其實我的確忘了白火還有鋼索女，我在觀眾席裡的堅硬座椅上沉沉睡去時，只有吞火娜娜的拍水聲，還有她的笑聲，溫柔地包圍我。終於，我睡了個沒有噩夢侵擾的好覺。

正式開演前幾天，一個樂隊出現了，大鍵琴、法國號、手風琴、中國大鼓、大鑼胡亂堆置在圓形表演區中央，幾個黝黑的醉醺醺原住民大漢相疊在樂器旁，呼出的鼾聲不僅讓整個帳棚溢滿高粱酒味，還有著韻律唱和的節奏。

面對所有人的皺眉，小丑老闆拿出一貫的笑容：「各位放心啦，他們不喝醉還奏不出好音樂哩！」

小丑老闆宣布了出場表演的順序：白火馴獸表演、叮噹扯鈴隊、陳氏飛天三兄弟、師傅的軟骨功、吞火娜娜、最後是鋼索女，由小丑負責串場。小丑老闆分派給我一個新工作：賣棉花糖。

師傅在知道出場序之後，把我拉到一旁說：「等你準備好，我們兩個的軟骨功表演，一定可以排到壓軸。」

師傅的野心，可以從我全身瘀青處處得到印證。我們日夜排練著雙人軟骨表演，我順從他的每一個指令，像塊軟泥土，任由他塑造。我們排練雙人拉舉表演，我以師傅的身體爲平台，在其上做出各種與地心引力拉鋸的動作。我們在一塊軟墊上練習，師傅會把我舉到半空中，他的手掌就是支撐我的全世界，我必須在其上倒立、扭轉身體，然後後空翻落地。但是好幾次我失去重心，從師傅的掌心跌出，重重地摔到軟墊上。軟墊的單薄根本阻擋不了我身上大小瘀血的生成，痛在我喉間拉扯出小小呼喊，但是師傅只是繼續他的指令：「快，站起來，重來一次。」幾次我跌出軟墊外，膝蓋染血，覺得再也沒有力氣站立了，師傅只是在我耳邊喃喃：「別忘了你答應我的，做不到，後果自己承擔。」

我知道。我記得。我答應過他，關於那天晚上我看到的母親，跟後來那場混亂的葬禮，還有他是我父親的事實，我都會忘了。但是，給師傅的承諾，我完全沒忘。

當天晚上進行了總彩排，小丑老闆從舊衣間裡找到一套海軍樣式的制服給我穿上，褪色的金扣子像是一顆顆渾濁的眼珠盯著鏡子裡的我，粗糙的布料散發著陳年樟腦丸味道，袖子跟褲管都折了三折還是太大，我看起來就像是消失在衣服裡的衣架。「很好很好，這樣可以至少可以穿三年。」小丑老闆得意洋洋，一張笑臉在我面前的鏡子裡盡興扭曲。我抱著一塊發黃的保麗龍在空的觀眾席當中遊走，上頭千瘡百孔，像一塊腐肉，正式演出時將插上各色蓬鬆棉花糖，我必須負責對著觀眾叫賣：「棉花糖！棉花糖！」

彩排前，我在樂隊專屬拖車裡找到了師傅。他正和樂師們舉杯同樂，雙頰腫脹著酒氣，看到我馬上收起笑容：「各位，這就是我的小徒弟啦，叫做壁虎，跟我練習了老半天，卻還是不夠爭氣，我只好一個人上台獨當一面啦！」師傅舉起滿溢的酒杯，一口飲盡，吼出酒氣對我說：「你找我幹嘛？」

「師傅，小丑老闆要我來跟你說，化妝師在等你。」

師傅放下手中的酒杯，和樂師們一陣喧鬧後離開了拖車。原住民樂師把我拉住，空氣中滿滿是小米酒與花生米，他們喉間不斷爆出亢奮的歌聲，對我說著一種陌生的語言。他們拿出自備的油彩，隨性地在身上塗上各式圖樣，歌聲從未停歇，手指沾了油彩就往臉上、手臂、腳掌塗抹，每一個動作都隨著歌聲律動，然後一朵朵燦爛的花就從他們皮膚上綻開，一條條氣盛的眼鏡蛇在他們手臂上擺出威嚇的姿態，一顆顆銳利的狼牙從血管咬開皮膚裸露在外。他們撫摸著我已經長出短硬毛髮的頭頂，指尖按摩過頭皮，然後在我臉上游移，我的頭顱成了停止旋轉的地球，加了酒精和菸草的顏彩在我頭上畫出經度緯度，縱橫交織成一張充滿古老圖騰的面具，歌聲詠唱的湍流當中，我彷彿被催眠了，眼皮上的橙花香料沉甸甸地拉下我的眼皮，嘴唇上的蜂蜜顏彩把甜味慢慢偷渡到我的全身。我睜開眼睛，怔怔地看著鏡子裡自己的新臉孔。

我感到，悲傷來襲。

媽媽，對不起，我沒去上學，我沒有離開，我又戴上了面具。

我隨著樂隊進入帳棚，中央的圓形舞台區已經被鐵網團團圍住，白火雙手各持銀亮皮鞭，聚光燈把他的皮膚照得更雪白。他看了我一眼，手上皮鞭閃動著威嚇。我別過頭去，師傅正在做暖身，肚子朝上，以四肢爲支撐成爲拱形，臉上已經塗上了厚厚的白粉。我走到他身邊，感覺到師傅被一團酒氣給圍繞。記得母親最討厭師傅在上場表演前喝酒，但是總是制止不了他。師傅見到我便說：「來，在我肚子上倒立，就像是平常我們練習那樣。」我馬上順從他的指令，雙手頂住他日益隆起的肚子，倒立成一根竹。我這才瞭解爲何母親討厭師傅喝酒，因爲雙人表演當中汗水淋漓，呼吸急速，整個胸腔裡被迫裝滿著對方皮膚所大量釋出的酒氣，身體平衡所需要的清醒會被干擾。我倒立的身體隨著師傅呼吸的肚子上下微微起伏，汗水沖刷我臉上的妝，含有酒精的油彩滴落在師傅的表演服裝上，暈開紅黃藍的斑點，酒氣不斷針扎我的眼睛。

白火已經開始排演了，中央圓形表演區被鐵籠圍住，三隻母獅子快速穿過一條接往後台柵欄的通道，白火手上的皮鞭割開帳棚裡凝結的熱空氣，落在母獅身上，母獅順從地跳上平台，在上面開始原地轉圈。

我倒立看著這一切，暈眩洶洶。

碰！一聲碎裂，從樂隊區傳來。原住民樂師們敲碎一瓶米酒罐，其中一個樂師拿起綴滿金黃稻穀的芭蕉扇攪動空氣，米酒的香氣快速瀰漫帳棚。樂師們的喉嚨變成濕潤的泥土，種植著蠢動的音符，在酒精的灌溉下，音符瞬間萌芽，衝破口腔，推開塗滿香料的嘴唇，一顆顆長滿神秘音符的樹從他們的嘴巴勃發挺拔，枝枒觸角般延伸，騷動每個人的耳膜，在那逐漸加速的嗡嗡吟唱當中，每個人都聽到了梯田裡採茶山歌的迴盪，谿壑裡縴夫對著暴漲溪流吼出的憤怒，還有洞穴裡族人躺在豐收的稻穀當中翻滾笑唱的回音。然後大鑼一敲，大鍵琴、法國號、手風琴、中國大鼓紛紛加入，樂章行進毫無編制，但這樣的失序卻自有狂亂的和諧，所有人都呆滯了，三隻母獅子被樂音催眠，口中銳利的尖牙也彷彿被樂音磨平，睡意瀰漫，眼睛失去侵略的光芒。

師傅振動肚子，在樂音當中對著我說：「下去，像我們平常練習那樣。不准出錯。」

我雙手抵著他波浪起伏的肚子，船暈席捲。我深呼吸，身體裡漲滿原住民樂隊的音符，不准出錯，身體向上騰空，一個轉體後空翻，雙腳併攏平穩落地。我把抖落一身的樂音踩在腳下，身子不停發抖。不准出錯，不准出錯。

我才發覺，小丑老闆一直注意著我和師傅。我終於瞭解了師傅的用意。

「壁虎小弟！很好！很好！我看你先賣一個禮拜的棉花糖，然後就可以上場表演啦！」

我在紅色當中醒來，預感洶洶。

我的膝蓋整夜敲擊著疼痛，我醒來發現膝蓋滲出的血把棉被染出一塊紅，我注視著那塊暗紅的漬，感覺到背上的壁虎，正緩慢地移動，無聲鳴叫。

吱吱吱吱吱吱吱。

只有我聽得到。

膝蓋是和師傅練習時摔到地上所留下的，人魚娜娜用紅色藥水幫我處理傷口時說：「沒關係，小傷口，我們做表演的最怕的就是受傷。其實你看這裡哪個表演的人不是全身都是傷，舊傷新傷，習慣就好，不要影響到表演就好。」

我爬到她水缸上方的沙發，看著她從沙發後方的一個大衣櫃拿出一大堆藥品，動作敏捷。她說：「我可是本馬戲團的小小醫生呢，小傷都是我來包紮喔！」

「以前，我媽媽在馬戲團裡也是會幫大家包紮傷口。」

「眞的？你媽媽也是馬戲團的團員？」

沒等人魚娜娜說完，我馬上找了藉口離開，沒等傷口包紮完畢。

在正式開演的第一天清晨，我看著微微流血的膝蓋，知道遠方，超過我的理性感知的遠方，沒有任何地圖畫得出來的遠方，我的母親，正以紅色召喚著我。而我背上的壁虎，吱吱回應。雖然母親如師傅當眾宣布的那樣，已經不在人間，但我聽得到她的召喚。

紅色的召喚。

有什麼事，即將發生。

早上，貨運公司載來一個巨大包裹，沒有收件人名字，也沒寄件人名字。但是，我和師傅看到包裹馬上就知道，那是寄給我們的。包裹以亮紅色的絲綢布團團裹住，白火和鋼索女坐在包裹上方，白火對著眾人吆喝：「失物招領喔！這個神秘禮物是要寄給誰的？失物招領喔！沒有人領的話，那我就把包裹給拆開囉，搞不好是給我的哩！」

師傅凝視著紅色包裹，皺眉說：「請你們下來，這是我的包裹。」

白火站起來，挑釁地說：「拜託，上面又沒說是寄給你的。」

白火不知道，但是我知道，這是寄給我和師傅的。

紅色絲綢磁石般引著我向前，我整個人貼在包裹上頭，皮膚一接觸到這塊紅色絲綢布，眼淚馬上潰決。這是我最熟悉的紅色，母親表演時的紅色，母親包裹我的紅色。

「對嘛！你怎麼證明這是寄給你的？」鋼索女在包裹上面跳起踢踏舞，翻跟斗又倒立，還準備拉扯鈴隊的女孩們一起上去嬉鬧。

我生氣了。

這是我進這個馬戲團以來，第一次拋開父親每日叮嚀我該保持的謙卑、低調態度，憤怒竄出我的喉嚨：「這是我的！你們都下來！」

「你的？奇怪了，我可沒看到上面有寫『壁虎』這兩個字！」白火從腰間亮出一把小刀，作勢要割開絲綢。

「這是我的！」我失控大叫，止不住眼淚。

「壁虎，去找給他看。」師傅別過頭去，不肯直視前方的紅色。

我知道師傅要我找什麼。這塊大紅色絲綢對我來說是張熟悉的地圖，我在上面翻滾多年，我知道我該往哪裡去。我整個人貼著包裹移動，順著絲綢的紋路前進，用手指搜尋我的目標。很快，我找到了我的壁虎。

「這裡，我的名字，就在這裡。」

眾人圍觀過來，端詳著我手指戀戀撫摸的部分，上面一隻依照我背上的胎記尺寸手繡的深棕色壁虎圖樣。這裡，就是這裡，寫著收件人：壁虎，我的媽媽繡給我的名字。

白火繼續晃動手上的小刀：「拜託，這哪能證明什麼？不過上面繡了一隻醜醜的壁虎。」

「白火，也許你忘了，但是我們都沒忘，那天晚上的事情。」師傅說。

「你……好，你們師徒倆厲害，咱們走著瞧。」白火身上的青筋瞬間浮現，收起了小刀，從包裹上一躍而下，悻悻然離開。鋼索女眼光對我射出憤怒飛鏢，馬上跟著跳下包裹，抓了白火的手臂要跟他離去，但白火甩開鋼索女，低聲地說：「不要一直跟著我啦，妳很煩哩。我現在沒空理妳，我還要去準備今天晚上的表演。」鋼索女望著白火離去，肩膀波浪抽搐。眾人皆露出瞭然的表情，隨即一哄而散。原來，不知情的只有小丑老闆。

我展開雙臂抱著紅色大包裹，我的預感成眞，媽媽來了。

這塊紅布是媽媽以前在場上表演時身上披的服裝，鋪滿整個舞台，在燈光下總是閃耀著刺眼的斑斑光澤，現在卻沾滿污穢，裂痕處處。

師傅把巨大包裹拆開，紅色絲綢給了我。我們兩個都知道，這個大盒子裡頭裝的是什麼東西。裡頭，是個圓形大木桶，木桶外面用鮮豔的油彩畫滿了旋轉木馬，所有的木馬上頭都是空的，只有其中一個上頭坐著一個紅衣女子。但是紅衣女子的臉被刻意抹去，只剩下一個軀體，和飄揚的黑髮。那是那場葬禮之後，師傅在夜裡拿著砂紙用力抹去的。我記得那個砂紙和木桶摩擦霍霍的聲音，在夜裡迴盪像是某人不間斷的嚶嚶啜泣，規律而堅定。

師傅用暴力擦去木桶上紅衣女子的身影，也逼我答應，抹去我所看見的。隔天我們走得匆忙，幾乎什麼都帶不走，木桶於是被我們遺棄。但是今天，木桶再度出現在我們生命裡。木桶裡，還有三件以前母親親手縫製的浴衣。

表演前幾小時，師傅穿上浴衣，劈了新柴，燒了熱水，然後拿出一罐上頭寫著「失骨」的藥水，加在盛滿熱水的大木桶裡，須臾，熱帶香花藥草的濃郁刺鼻瀰漫在空氣中。他脫了浴衣，閉上眼睛，儀式般地緩緩進入木桶裡。我透過蒸氣望著他比例完美的壯碩身體，遵照著他的指示，每五分鐘加入一次新的熱水。「失骨」在熱水的催化下，不但沒有淡化，反而更佳濃郁。師傅在桶子裡做出各種高難度軟骨伸展動作，直到他輕聲說：「好了。」

木桶上的旋轉木馬圖樣在濕熱的狀況下，更顯得鮮豔，每一隻馬都宛如隨時要逃脫木桶的羈絆，往前奔馳。無臉的騎馬女子身上的那襲紅衣，此時如魚身般水中飄動，隨時要往我撲來，勒住我的脖子，直到我窒息。

「雖然不知道是誰寄給我們的，但有了這個，再難的軟骨動作我都做得出來。」師傅嘴上一弧滿意的上弦月，穿上浴衣說：「下個禮拜你就要跟我上場了，那句老話，不、准、出、錯。聽到了沒？你知道我有多懷念掌聲嗎？我去準備化妝，你也該去換衣服了，小丑老闆說要是你多賣一點棉花糖，就可以分紅。」

我沒注意聽師傅的囑咐，我只清楚地聽到，背上壁虎鳴叫。

而我當時也不知道，其實他明明知道這個包裏是誰寄的。

我望著木桶上的無臉紅衣女子，把心中的母親影像套在那個被擦去的空白當中。師傅囑咐我遺忘的，其實我都沒忘。

還沒，該發生的還沒發生，我的預感依然洶洶。

我撫過母親留下來的紅絲綢，停在壁虎刺繡上。

快了，快發生了。

滿。

我的四周，滿滿的。

群眾是滿的。馬戲團帳棚旁的火車站，從開演前幾小時就擠滿了搭火車來看表演的群眾，汽車碾碎了盛開的花朵，毫無秩序地停滿了帳棚前的草原。大人帶著小孩，坐滿了觀眾席。

顏色是滿的。表演開始前，觀眾吃著向我買的彩色棉花糖。燈光全暗時，月光篩過藍色帳棚，讓每個人都浸在藍色深海當中，直到燈光一盞一盞亮起。燈具上裝上各種顏色的玻璃，讓單調的光束穿上紅藍紫綠的新衣。燈光在黑暗的帳棚裡四處恣意遊走，然後聚焦在表演者的身上。表演者的臉上塗上了誇張的油彩，五官被色彩拉大，像是平坦原野上多了綠山黃樹橘河，輪廓起伏分明。亮片縫製的戲服貼緊表演者的身體，在燈光下星光搖曳。廢報紙剪碎後染色的碎紙片從帳棚上方灑下，在大型電風扇的鼓吹下胡亂飄流，觀眾的鼻腔吸入了彩色碎片，奮力咳出的都是色彩絢爛。

聲音是滿的。小孩笑、哭、喊，大人以更高分貝的聲音回應。原住民樂團的樂音揭開表演的序幕，鼓聲隆隆，咒語吟唱流洩，穀香肉肥藏在熾盛的樂音當中，這是一場豐年祭。小丑對著麥克風嘶吼，介紹每一組表演。白火鞭開觀眾的驚呼，獅子老虎丑角般做出各種取悅觀眾的動作，煮沸笑聲。十幾個扯鈴在空中黃蜂狂舞，飛天三兄弟用飛翔抵抗地心引力，身體從鞦韆躍出，割開夏夜帳棚裡凝重的空氣，發出金屬鏗鏘的高速聲音。師傅在單純的中國大鼓敲擊中進行了各種身體彎曲極限表演，我看著他享受觀眾掌聲的表情，感覺到他的眼神一直在觀眾席當中搜尋我。我抱著棉花糖保麗龍躲在暗處，試圖不去傾聽背上壁虎的鳴叫。吞火娜娜的水缸被搬到圓形表演區中央，她在水中泅泳，邊吞火邊清唱出悠揚的歌曲，嗚呀喔咿如仙似妖，魅惑每個人的聽覺。壓軸的鋼索女在細鋼索上騎著單輪腳踏車，她給自己畫上了個滴滴眼淚擴散的舞台妝，手上的陽傘墜落在安全網上，原住民樂團突然停止演奏，只剩下鋼索女在半空中大聲哭泣的聲音。她把腳踏車也推下鋼索，以幾乎是平地奔跑的速度奔向鋼索的終點。全場爆出熱烈的掌聲，沒有人知道她的哭泣是真的。一群騾子沿著圓形表演區不斷奔跑，大象載著小丑老闆出場，駱駝載著今晚的每個表演者出場，謝幕。

滿。

直到觀眾散場了，聲音靜了，顏色卸了，空取代了滿。一把營火升起，所有表演者、工作人員聚集圍繞著營火，汗水涔涔，每個人手上或酒或茶或水，舉杯慶祝首演的成功。吞火娜娜坐在輪椅上，由我推著她。所有人都卸了妝，霞紅著掌聲餵養後的滿足。

這時，大家才注意到，哭泣的鋼索女，消失了。

孔雀。

再次和死亡面對面，我雖然只有十歲，但我當時無畏，無懼。

畢竟，這是第二次。

我心裡只想到孔雀。

鋼索女身上綁著石塊，整個人沉入吞火娜娜的水缸。她的長髮綁成了許多小辮子，每根辮子都用亮片紙包覆，亮紅色，亮綠色，亮黃色，亮藍色，亮黑色，亮銀色，亮紫色。每根辮子四散漂浮在水中，扇形展開，如孔雀開屏。鋼索女趁眾人在帳棚外聚集，打了一盞不加顏色的燈在水缸上，爲自己最後一場表演打上慘白的燈光。她臉上的淚眼妝仍在，但是在水裡模糊褪色，一雙眼無神睜著。她還在水裡放了數十隻熱帶魚，色彩斑斕的魚群在她的四周悠游。

鋼索女精心布置了自己死亡的舞台，等待眾人的掌聲。

尖叫聲。跳進水裡的聲音。哭泣聲。鋼索女被拉出水缸的聲音。人工呼吸的急救聲。小丑老闆抱著鋼索女喉嚨乾吼出的錚錚呼喊。鋼索女的彩色髮辮落在地上的聲音。

死亡的聲音。

這些，其實，都不是鋼索女要的掌聲。

她要的是，白火的聲音，嘆息、哭天、喊地、崩潰。但這些都沒有發生。他看到透明水缸裡的孔雀，趁亂轉身就跑。我看著他驚慌地逃離，倉皇的眼神和我的注視相遇，然後白色的身影消失在黑夜裡。從此以後，沒有人再見過他。

我背上的的壁虎，終於停止鳴叫。原來，這才是該發生的事。

「走開！走開！你們都走開！誰把燈關掉！」小丑哭喊著。

所有人慢慢離開死亡現場。一樣，就跟我第一次目睹母親的死亡一樣，所有人都會慢慢走開，死亡終究是屬於寂靜的。

這齣戲總要謝幕，燈總要熄。呑火娜娜用強壯的手臂，爬上聚光燈的鷹架，用一根鐵條敲碎燈光。

黑暗當中，肅靜當中，我彷彿看到鋼索女嘴角揚起驕傲的微笑，一如以往。

雖然沒有明說，但當小丑老闆堅持不要有葬禮的時候，我和師傅都鬆了一口氣。小丑老闆請了葬儀人士處理鋼索女的後事，他對著大家宣布：「我有一個馬戲團要經營，你們每一張嘴都需要我來餵，所以，我不能倒下。她媽媽當年必須離開她的時候，換我照顧她，我撐了過來，現在我也會撐過去。」他原本的悲傷臉龐，在此時只是蒼白，沒有任何多的表情，頂上僅剩的幾根頭髮，一夜折騰後，紛紛落在頹喪的肩膀上。

「白火跑了，鋼索女死了。沒有辦法，馴獸師我來當，反正我年輕的時候就是做馴獸師的。壁虎，沒辦法了，你今天晚上就跟你的師傅上場表演吧。」

今晚。

我看著師傅努力壓抑興奮的表情，身體開始顫抖。他馬上拉著我離開，在四下無人處對著我說：「就是今天了。你每天跟著我練習，摔了那麼多次跤，等的就是這一天。你身上流著軟骨的血液，這本來就是你該做的，那句老話，不准出錯。」

「我可不可以，披著媽媽紅色的布上場……」

「不行！再說我就把布給燒了！我們不穿衣服，短褲就夠了。」

師傅先和我一起浸在「失骨」熱水浴裡。我們裸身擠在木桶裡，他緩慢地拉扯我的身體四肢，試著鬆弛我過於緊繃的肌肉，在這樣親近的裸裎時刻，我卻感覺橫在我們中間的不是滾燙的熱水，而是廣大的深海。師傅的皮膚在水氣中濕潤如水面，映照出我緊張的身影。後來，等我再也不是壁虎的時候，我和哥哥肢體纏繞，我會忽然想到了我正式登上舞台的這一晚，裸身的我，和裸身的師傅。不過，那眞的是很後來的事了，那個時候，我已經不是壁虎了。

今晚，就是今晚，我要第一次正式登台表演。從小我都是看別人台上表演賺取掌聲，現在我就要站在觀眾凝視的中心。

師傅再度用剃刀除去我這些日子以來長出的髮絲，他要我只穿一件貼身的褲子，然後拿起金色顏料，從我頭頂澆淋而下，直到我每一吋肌膚都被金色顏料所覆蓋，他則是替自己澆上銀色顏料。我看著鏡中的我，渾然金裝，凝乾的顏料刺痛我的皮膚，遮蓋我的毛細孔，我像是被沙埋，感到窒息。

背上的壁虎，也完全被遮蔽了。

師傅說：「不能緊張，等你聽到掌聲，你就不會緊張了。」

我想念媽媽。我用剪刀，從紅色絲綢布剪下一小塊，偷偷放在我的貼身短褲裡。我需要她陪我上場。

「各位先生，各位女士，歡迎來到『達芬奇』馬戲團！」小丑先生出現在鷹架上，用一貫的專業亢奮，對著坐定的觀眾呼喊：「我們今天特別爲大家準備了許多精彩的節目，希望能爲大家帶一個充滿笑聲、驚奇的晚上。而最特別的是，今天晚上的表演，是獻給我親愛的女兒。」他伸出腳，一步一步慢慢走上一條細鋼索，摘下頭頂的高帽，從裡頭抓出三隻白鴿，任之飛翔，然後繼續變出一束盛開的紅色玫瑰，他帶著壓抑的哽咽說：「十四朵紅玫瑰，獻給我十四歲的女兒。」

他把花朵釋放，灑向觀眾。紅花和白鴿在空中飛舞，顏色、聲音、群眾，一切又回到「滿」的狀態。

大家好，我的名字叫做壁虎。

音樂開始，表演開始，掌聲開始。彷彿，什麼都沒發生過。

我從後台看出去，知道小丑老闆坐在鋼索上哭泣。燈光不在他身上，沒有觀眾會注意到他。

我是一隻擁有許多秘密的壁虎。

如果，我當初就告訴小丑老闆白火與鋼索女的事，也許我可以阻止孔雀的發生。我憎恨秘密。

如果，也許。

「接下來，就是我們今天晚上的壓軸表演啦！讓我們以最熱烈的掌聲，歡迎兩隻老虎：虎男先生與壁虎小弟，爲我們帶來軟骨特技表演！」

虎男。

我看著沐浴在燈光下銀銀發亮的師傅，厚重的顏料藏不住他因爲掌聲而引爆的亢奮酡紅。

原來你就是虎男。

這個母親生前最後一個晚上，跟我提到的陌生名字，原來是師傅的名字。

父親的名字。

原來，你就是殺母親的兇手。

母親的最後一次紅色，就是你造成的。

啊，秘密太多了，我的小小身體快承受不住了。

聚光燈砸下來，像是黑暗密室裡透過罅隙灑落的細沙，灑淋在我和師傅金銀發亮的身體上，輕輕搔癢著我的身體。

我以彈簧床墊爲助力，身體騰空跳上師傅的肩膀。虎男的肩膀。我在他的肩膀上折疊自己，他開始原地轉圈。人魚娜娜伴著原住民樂隊唱出了嘹亮的歌聲，她對著麥克風說，她唱的是〈壁虎之歌〉。師傅兩手抓著放在他肩上的我的腳，右腳抬高觸及臉龐，單腳支撐兩個人的重量。

掌聲從四方魚雷引爆，從觀眾席陣陣撲來，挑開我身體裡頭許多緊繃的神經，我全身電流鼠竄。我終於瞭解了，原來掌聲與歡呼是戲劇化的誇飾，把我弱小的身體拉拔成巍峨巨人，把不起眼的泥土拉扯成一個光澤亮麗的花瓶。而且一旦愛上這樣的誇飾，就是不可自拔的身體慣性，失去掌聲如同失去生命。

掌聲裡，我第一次感到巨大。我不再是人群裡被忽略的那個不起眼，掌聲變成放大鏡，把我的身影擴張成一個眾人的視覺焦點。呑火娜娜對我眨眨眼，幾公分長的金色假睫毛刷過炎熱的空氣，無聲地爲我加油。

師傅拿出一個狹長的桶子，我轉身就鑽進去，引來觀眾一陣驚呼。

此刻，我可以感覺到褲子裡的紅色絲綢，我感覺到媽媽。

我一個身體彎曲，手掌抵著師傅隆起的肌肉，指甲陷入皮膚裡。我知道這層銀色皮膚裡面，有我抓不到的秘密。

我名叫壁虎。我十歲，我其實什麼都不懂，什麼都不知道。

但至少現在，我知道誰是兇手了。

你。

在你決定殺了我之前，你不會知道，在我順服的態度底層，我其實什麼都知道，什麼都沒忘。

第二章 女孩

冰雹和狗屎，迎接我的十六歲生日。

先是一陣狂風暴雨，氣溫驟降，然後乒乓球大小的冰雹啪啦啦快速擊向這片沙灘，彷彿某架轟炸機低空呼嘯而過，向正在搭帳棚的馬戲團掃射。我坐在梯子上，穿著雨衣爲「達芬奇馬戲團」的入口招牌換上一顆顆新的彩色燈泡，突然一塊手心大小的冰雹擊碎了新換上的燈泡，被擊碎的彩色燈泡宛如彩蝶四處飛翔，然後方才的雨滴彷彿都瞬間冰凍，密集地砸下來。幫我扶工作梯的工作人員一哄而散，我失去平衡，整個人跌下梯子，重重地落在沙子裡。我臉埋進沙子裡，聽到冰雹打到沙灘裡、拖車頂、帳棚上的撞擊聲，韻律分明，進行曲般的敲打節奏。

「壁虎！你趴在那裡幹什麼？快進來啦！」

我抬頭找聲音的來處，看到呑火娜娜坐著輪椅在帳棚裡呼喚我。我趕緊起身快跑，卻雙腳都踏到被冰雹擊爛的狗屎。我衝到帳棚下，額頭被冰雹吻過，鮮血模糊視線，腳下排泄物黏膩。

「又踩到了啊？哈哈哈，今天第三次了吧？我突然很慶幸自己不用走路，雖然我輪椅的輪子也沾到了好多狗大便！唉，誰知道這個沙灘的外號叫做『狗屎海灘』啦？」我跟著呑火娜娜苦笑，當小丑老闆宣布我們即將到一個沿海村落表演、而且帳棚就會搭建在沙灘上時，熱帶椰樹、淨白沙灘、湛藍水色是每個團員腦中的期盼。結果樹沙水的確樣樣不缺，但是狗的排泄地雷卻處處可見，海風徐來不是鹹鹹海味，而是搔鼻屎臭。

當地居民告訴我們，這個海邊小鎭是城市交通樞紐，曾經繁榮過好一陣子，但終究沒落。後來沒落的漁港倉庫區蓋起了一個黑色鐵皮建築物，大城市裡抓到的流浪狗都往這裡送，一個高溫鍋爐日以繼夜地燒，狗聲哀嚎不斷迴盪在海面，然後被火呑噬。後來一個深夜，鍋爐突然爆炸，星火燎燒，整個建築物被祝融燒到只剩骨架。然後一陣強勁的海風把建築灰燼帶到海面，豪雨降下，一夜大潮洗去所有餘燼，漁港馬上又恢復原來的蕭瑟，彷彿什麼都沒發生過，這棟流浪狗處理廠也從來沒存在過。所有人都以爲囚禁在裡頭的狗也都隨著灰燼消失在海中，但是幾天後，數百隻狗兒們一隻一隻開始從茂密的木麻黃防風林出現，從沙丘上探出頭來，隨即佔據了廢棄的海邊屋子。時光推移，這群狗自成社群，和僅存的居民和平共處，群居沙丘一方，也當然帶來了滿布的黃金地雷。

冰雹豆灑之時，我也聽到倉皇的狗吠，迴盪在沙灘上。

我心裡想，就當作是那些狗爲我唱生日快樂歌吧。

「我的衣櫃呢？小丑老闆，好多人都受傷了，我的衣櫃被卡車運到哪裡去了？」呑火娜娜的木質衣櫃上面有花紋浮雕，還有經文銘刻，是她離開寺廟時比丘尼送給她的，從此跟著她仗劍江湖，沒有離開過。這個衣櫃可是個神奇百寶箱，裡頭到底放了多少東西沒有人知道，只知道任何一個團員掉了東西找不到、受了傷需要包紮、感冒了需要藥丸、戲服破了要縫補，找吞火娜娜就對了，她會鑽進大衣櫃裡，幾秒鐘就如同神燈精靈找到你所要的。而這個衣櫃對我來說，就是我的學校。她小時候在寺廟當中長大，跟我一樣沒上學校，但是跟著比丘尼一起研讀佛教經書，雖然自己沒因此成爲虔誠的佛教徒，但卻因此識字通達，在廟宇足不出戶的日子，幾乎都在念書。我從沒上過一天學校，從小就跟著馬戲團南北遷徙，只跟著母親以自學的方式學習。所以我央求吞火娜娜教我念書，我沒依照母親的囑咐離開馬戲團，去學校上學，但我身體裡有強烈的求知慾，騷動不安。吞火娜娜欣然答應，從她沙發後方的一個大衣櫃裡搬出她多年來四處蒐集的書，衣櫃裡放滿乾燥的薰衣草和甘菊，堆放著吞火娜娜的各色人魚裝束，貝殼彩衣、珊瑚馬甲、椰殼胸罩，垂掛如風鈴搖曳，各種雜物分類歸位，儼然小宇宙。吞火娜娜愛水，蒐集了許多海洋與溪流的照片集，我們總是在睡前的寧靜帳棚裡翻開薰衣草芳香撲鼻的書，在書頁裡泅進遙遠的海洋，鯨豚鱗鰭彷彿滑過我們的身體。而閱讀了那麼多次海洋，這也是我們巡演多年來第一次這麼接近海洋。小丑老闆每天都練習著從高帽子裡變出鴿子、從圍巾裡抓出兔子，這幾年則是努力試著變出孔雀，但從沒成功過。而這幾年來，我最期待的魔術，其實是吞火娜娜從衣櫃裡抓出一本我還沒看過的書，不認識的字我就抄寫下來練習，一本吞火娜娜送我的手工空白本子馬上寫滿了各式文字塗鴉。她在本子的莎紙封面幫我畫上一隻壁虎吐舌的圖樣：「這是你的，壁虎先生，沒經過你的允許，沒有人可以翻開。」

從十歲開始，這樣的本子我已經有了十幾本，每寫滿一本，吞火娜娜就會再幫我做一本。

她從衣櫃裡拿出許多小板凳，讓被冰雹打傷的人魚貫坐著等著讓她包紮。

我坐在板凳上，眼光擲到遠處的海洋。今天，是我十六歲生日，從十歲和師傅加入這個馬戲團之後，我的生日就被遺忘了。知道的人，只有吞火娜娜。

我是受傷隊伍的最後一個，輪到我的時候，雨勢停歇，大家在小丑老闆的指揮下又開始趕搭帳棚，兩週後馬上就要開始此地的表演了。消毒水蝕過我額頭傷口，吞火娜娜輕聲對我說：「見紅大吉，十六歲生日快樂，這是給你的喔。」

一本新的筆記本，封面上用枯黃樹葉和乾燥花朵拼成一個壁虎爬行圖樣。

她總是記得。

「還記得第一次看到你的時候，什麼都是小小的，身體小小的，聲音小小的，膽子也小小的。現在你可是我們馬戲團的台柱啦，什麼都不一樣了，很多觀眾都是專程要來看你的。雖然聲音還是小小的，但是身體可是一點都不小啦。我看，你現在比你的師傅還高吧？」

我推著呑火娜娜的輪椅，碾過狗黃金，來到了正在退潮的海邊。我脫了衣服跳進海裡，海水低溫刺骨，冬天眞的要來了。

「壁虎，你看！」

我浮出水面，朝呑火娜娜指的地方看過去。

高跟鞋。

巨大紅色高跟鞋。

一個下面有四個輪胎的巨大紅色高跟鞋，緩慢地駛過沙灘，細長鞋跟隨著車速變化，變換著不同螢光色彩。鞋子裡面坐了兩個人，一個金髮老先生操縱著方向盤，另一個是個有栗子色長髮的女孩坐在高跟鞋最上方，兩個都一身飛行員裝束：飛行夾克、遮掉半張臉的墨鏡、還有隨風起舞的黃色領巾。金髮老先生看到前方的馬戲帳棚，對著女孩叫出了一串我聽不懂的話，女孩摘掉墨鏡，開心地拿起打火機點燃手中的煙火，流疏白雪般的煙火在黃昏的天空中綻放，照亮了女孩尖叫的臉龐。女孩輪廓深刻，藍眼白肌，蓬亂捲髮，笑開的嘴釋放出更多的煙火。

高跟鞋車子停了下來，女孩對著我和娜娜問：「請問這裡是『達芬奇馬戲團』嗎？」更多的煙火繼續從她的嘴裡吐出，燦爛暈眩。

「哈囉！你們就是要加入我們的俄羅斯人嗎？我不知道妳的中文講這麼好！」呑火娜娜開心地回答。

「呵呵，謝謝！那是因爲我的爸爸是台灣人，媽媽才是俄羅斯人，所以我當然會說中文啊！這是我的爺爺，他就不會說中文啦！但是沒關係，我會翻譯喔！」

我。

「你們好！我是呑火娜娜，這是壁虎！」

我的。

我生來背上就有一個壁虎形狀的深褐色胎記。壁虎是我身體的一部分，一個器官，隨著我身形抽長，壁虎也跟著長大。壁虎是有重量的，我隨時感覺得到牠在我背上。看到這個女孩，冷冽的海水突然黑潮暖流，往身上拍打的波浪如同母者愛撫，腳下的沙是溫熱的床墊，讓我昏昏欲睡。我可以感覺到，因爲這個女孩，幾根柔軟的毛髮突然從我背上的壁虎胎記撥開皮膚長出來，宛如初生的海藻，在熱情溫暖的水裡張開手臂，歡喜迎接潮汐。我的臉頰下巴蟲齧般搔癢，我手指一抓，發現從來沒有鬍鬚的我，兩頰上突然長出了茂密的叢林。遠方沙丘上出現了傍晚覓食的狗群，牠們對著空中鳴叫出發情嚎叫的呼喊，我粗硬的鬍鬚隨之拉拔亂長，直到我的臉上住了一座熱帶雨林。

一切，都因爲眼前這個女孩。

我的名字。

豆大雨又降下來，女孩的高跟鞋往帳棚加速開去，呑火娜娜也啓動輪椅往帳棚快速奔去：「壁虎，下雨啦！」

瞬間，四周黑白，只剩下我眼光中的那個巨大高跟鞋，以紅色吸走周遭所有的顏色，佔據我視線的全部。

我的名字叫做。

雨滴降下來，冰雹降下來，沙灘上只剩下我。

沙灘上的狗屎突然長出豔麗鮮花，我信步採了幾朵，紅色高跟鞋早已遠去，縮小成視線裡的一小點紅色。終於，我和遠近的狗群一起對著天空吶喊，卡在喉間的聲音土石崩流：「我！的！名！字！叫！做！壁！虎！」

「又去跟那個怪胎混了啊？搞成這樣。」

我一身狼狽回到拖車，面對著正在捲菸的師傅。他攤開米黃色的紙，鋪上菸草，捲起一管每日晚間的逍遙。

「娜娜姐不是怪胎，她是我的朋友。」

「哈！她那個樣子還不是怪胎？」

「如果她是，那我也是怪胎。」

師傅的雙眼隱匿在濃稠煙霧之後，但密布的血絲卻清晰可見，侵略的眼神隨時會撥開雲霧勒住我。

「那倒是沒錯，你跟你媽一樣，都是怪胎。」

虎爺。

拖車裡有股新的味道游移，沒有被師傅的煙霧給徹底驅散。我知道，有人來過，而且是個女人。這幾年，拖車裡陌生女子的味道不斷來來去去，師傅不知道我光是靠嗅聞和觀察就可以猜想出對方的年紀與體態。通常，在師傅被窩留下廉價嗆香水或厚重的粉底味的，會是個四十狼虎女人，必須用過多的人工來掩飾歲月在身上留下的年輪，走之前還會像個老婆把師傅的床鋪整理過；如果是淡香水，還有留在師傅枕上的是強韌而不分叉的髮絲，則是年輕的女人，總是匆匆留下凌亂；若是完全沒有香水，沒有粉底口紅睫毛膏味殘留，只有很舒服的極淡芳香，還讓師傅眼神特別迷霧的，就是青春少女，未經太多陌生男人的少女。

女人來過之後，師傅總是會多抽上好幾根菸。這是他的驅魔儀式，用菸絲驅散女人的味道，驅散可能他也記不得的陌生女人容顏。

只是，眞正的魔，根本驅不散。我的母親，就是那個魔。

而此刻我心裡，也住進了一個新的魔。女孩，妳好，我是壁虎。

當天晚上，入冬的第一道強烈冷氣團盤據在沙灘上，馬戲團所有的表演者與工作人員聚集在尚未完全搭建完畢的帳棚裡，等著小丑老闆介紹新進團員。這幾年表演者流動很大，叮噹扯鈴隊只剩下三個留下來，其他都在幾個城市演出之後，忽然就嫁給了每天捧場的觀眾；陳氏飛天三兄弟幾年前被另外一個馬戲團挖角，小丑老闆匆促找了五個飛天女子團，這幾個女子雖然飛天技術高超，但每個在空中翻滾的時候都會忍不住尖叫，淒厲的叫聲根本是利刃，每每要劃破帳棚頂，雖然有觀眾覺得她們的尖叫聲非常具有娛樂性，但大部分的人根本無法忍受這樣高分貝的折磨，紛紛離席，甚至要求退票；白火逃逸之後，前後總共來了六個馴獸師，第一個只會表演站在獅子老虎前猛烈發抖，假裝鎮定是他唯一擅長的表演，第二個堅持要全裸上場才覺得自己雄偉，結果被警察以妨害風化罪名抓走，後來我們才知道報警的其實是小丑老闆，第三個年事已高連皮鞭都抓不穩，後來只能拉著駱駝在舞台上散步，第四個自己帶了一隻黑熊來表演，結果在觀眾前被從小養到大的熊掌給拍掉半顆頭顱，第五個拿著獵槍在場上表演馴獸，結果後來被老婆拋棄在排練時開槍自盡，第六個邊唱歌劇邊表演馴獸，但每次一開口動物就呼呼大睡，全場觀眾也呵欠連連。所以每當提起白火，小丑老闆不僅憤恨，也禁不住懷念。

這次來到狗屎海灘之前，小丑老闆消失了一陣子。這幾年票房起伏巨大，除了人魚、軟骨、飛天、扯鈴這些固定表演，觀眾愛看的就是動物，所以小丑老闆一聽說有適合的馴獸人選，馬上前往選角。幾天之後，愛唱催眠歌劇的馴獸師就被一通電話給開除了，正式宣布第七個馴獸師的加入。

女孩。

她就是第七個馴獸師。

她和爺爺從紅色高跟鞋上跳下來，一老一少，身手皆矯健。「大家好，我的名字叫做塔提亞娜，我今年十七歲，這是我的爺爺，我們來自遙遠的俄羅斯，很高興能夠加入『達芬奇』馬戲團！」

塔、提、亞、娜。

六年前，我也經歷過這樣一場見面的儀式，只是塔提亞娜毫無我當年的生澀，態度從容自然，優雅自得。她和爺爺熱情地和每個人握手擁抱，完全沒有冰封北國的冷峻。她握著我的手說：「你就是那個海裡的壁虎嘛！咦？剛剛看到你，你臉上沒鬍子啊？」

一句話，我都說不出來。我手心有她手心的溫度，變成顫抖的震央。然後她突然給我一個擁抱，笑著對我說：「聽說你是軟骨功高手，以後請多多指教喔！」

我突然很慶幸，臉上的髯鬚藤蔓，才能稍微擋住我醉紅的臉色。

那晚，我在師傅的鼾聲中溜出拖車，吞火娜娜知道我一定會去找她，留了一盞燈等我。她從衣櫃拿出剃刀，幫我剃除臉上的鬍鬚，鋒利的刀貼緊我的臉頰，在我臉上留下紅腫。吞火娜娜用麝香藥水塗在我臉上，舒緩了初次刮鬍的灼熱。

「你真的是長大了，鬍子突然就長成這樣。這些刮鬍子的東西就送你吧，也當作你的生日禮物。不過，我想老天爺今天送給你另外一個更好的禮物。」

我別過頭去，以呵欠掩飾些許羞赧。

她的水缸還沒裝水進去，她在裡頭鋪了棉被枕頭：「你就睡裡面吧！保證安靜沒人吵你。」

「我睡不著。」

「我知道，所以我在你枕頭旁邊放了一本地圖集，做標記的那一頁就是俄羅斯，旁邊還有一個手電筒，睡不著，就讀地圖吧！我可是很累，這麼冷的天氣，我最想做的就是睡覺啦！」她在大沙發上鋪上厚重的棉被，道了晚安便沉沉睡去。

這個藍色帳棚雖然把呼嘯的海風檔在外，但是低溫卻直驅而入，整個帳棚就像個巨大冰箱。我爬進大水缸裡，輕盈的腳步在水缸裡發出微微的回音。我打開巨大的地圖集，翻到了吞火娜娜幫我標記的那一頁。我把頭枕在俄羅斯上頭，平坦的地圖突然立體，高聳的山峰刺進我的皮膚，我的下巴貼著冰原，額頭滲進海水，雙頰河水淙淙，鼻尖頂著克里姆林宮的尖塔。

我跌入了自己虛擬的俄羅斯，所以當然不知道，我十六歲生日快要結束的時候，那個師傅每天要驅散的魔，悄悄地來到了我和師傅的拖車。

「我聽小丑老闆說，你是負責清洗跟餵食動物的人？」

我正拿著水管沖洗動物柵欄區，全身被冰冷的泡沫覆蓋，想不到塔提亞娜從我背後出現，身穿大衣，和我的衣不蔽體正好成正比。

依然，一句話，我都說不出來。

「你這樣不冷嗎？雖然這樣的溫度我覺得還好，可是你穿這麼少工作也太誇張了吧，眞不冷嗎？」

我深吸一口氣，用盡最大的力氣說出：「我……」

然後語言化成一口啐不出的濃痰，卡在喉間阻礙我的呼吸。我轉身去把水龍頭旋到最大，讓四濺的水花遮掩我的窘態。我快速地把動物的柵欄清洗過，然後逐一餵食每個籠子裡的動物。

塔提亞娜只是靜靜地站在一旁，看著我工作，直到我的工作告一段落，我不得不把水龍頭關緊，收起蟒蛇水管。

「看你這麼僵硬，別人不跟我說我還眞看不出來你是練軟骨功的哩！」

「我……」

「什麼？」

「我習慣了。」

「習慣……什麼？你習慣了這麼僵硬？」

「不，我是回答妳剛剛問我的那個問題。」

「哪個問題？」

「冷不冷的問題。我的答案是：我不冷，我習慣了。」

哈哈哈哈哈！我聽著她嘴裡釋放出的笑聲，也突然聽到了背上壁虎快樂鳴叫的聲音。

「你面對女孩子都這麼緊張嗎？」

塔、提、亞、娜。是妳，是因爲妳的緣故。妳的蓬亂捲髮，收納著寒流裡唯一的溫暖。妳的白晰肌膚，鏡子般反射著陽光。妳的笑聲和妳的語言一樣，有種異域的遙遠風情。

「壁虎先生，請你不要緊張，我不過是要請你帶我認識這些動物。我根本不認識牠們，需要你幫我們彼此介紹，這樣以後我才可以跟大家開心工作啊！」

我突然放鬆了一些。這六年來我和動物們每天見面，早已互相熟稔且建立了深厚感情。只要聽到我的腳步聲，獅子老虎就會發出飢餓的吼叫，大蟒蛇會開始爬行，猴子吱叫，駱駝開始磨牙練習咀嚼。

「這是我們的大明星，公獅子拿破崙，他三年前來到馬戲團的時候才是一隻小獅子，我還餵過牠奶呢！隔壁籠子是母獅子瑪莉皇后跟西西女伯爵，這是蟒蛇威廉二世，猴子們是達爾文家族，綠色鸚鵡是萊特哥哥，紅色鸚鵡是萊特妹妹，三隻駱駝分別是卡蘭德王子、莎赫札德王妃、以及蘇丹王，這三隻母老虎去年才來，現在才一歲，但是都長得很大囉，頭上有綠漆的叫做綠頭公主，左耳掛耳環的是依麗莎白，身上穿著黃色背心不肯讓人脫下的是天鵝妹妹，還有大象阿姆斯壯……」我滔滔不絕地介紹每一隻動物，因爲牠們就是我的好朋友。

「這些名字都是你取的？」

「對啊，我都是亂取，根據我看的書給動物們取名字，其實除了鸚鵡之外，其他對我取的名字根本不太有反應，所以妳也不用一定要叫牠們這些名字啦。」

「不不不，這很重要！我相信動物們都知道的！只是他們的語言和我們不一樣，所以要多花一點力氣來溝通。我很感謝你！」

我注視著她微笑地走過每一個籠子，心裡升起馬戲團裡每個人的疑問：這麼一個嬌小輕盈的女孩子，怎麼馴服猛獸？而且，聽小丑老闆說過，塔提亞娜是不拿皮鞭的，讓我更好奇她到底是怎麼進行馴獸表演。

「壁虎，你可以再幫我一個忙嗎？幫我把我的床搬到這裡，我要睡在這裡，我要讓動物們快一點習慣我，就像牠們習慣你一樣。」

我們從她和爺爺的拖車搬出床架，原本我擔心她能否搬動木頭床架，結果她臂力驚人，走路虎虎生風。我們把拆掉的床架重新在動物柵欄區裝上，我還從呑火娜娜那邊拿了蚊帳，幫塔提亞娜裝上，以免海邊的蚊蟲侵擾她。

「你爲什麼叫做壁虎？」

「因爲我的背後，有一個很像是壁虎的胎記。」

「眞的嗎？我可以看嗎？」

不行，師傅最討厭我把壁虎胎記掀開給別人看。但我發現我已經轉身把上衣拉高，背對著塔提亞娜露出我的胎記。我閉上眼睛，感覺到塔提亞娜的手指撫摸著那隻壁虎。

我的體內，此刻迴盪著一種我從未聽過的壁虎鳴叫，我無法辨識，這是洶洶來襲的預感？還是某種因爲激動而擾動的身體頻率？我此刻用理智無法讀取，只是試圖用皮膚表層記住，塔提亞娜指尖的紋路與溫度。

「眞的很像一隻壁虎呢！看久了，感覺好像這隻壁虎隨時會從你的背部跑出來一樣！」

是的，壁虎的確是活的。壁虎日漸茁壯，跟我一樣，剛剛過了十六歲生日。

「妳呢？妳爲什麼叫做塔提亞娜？」

她臉上綻放微笑花朵，拉了我到沙灘上，蹲著用手指在沙子上寫下：

TaTbЯHa

「這是我媽媽給我取的名字，意思是『女獵人』。如果是用英文寫就是這樣……」她拉著我的手在沙地上寫下：

Tatjana

「我媽媽和爸爸都希望我會成爲一個堅強的女人，所以就給我取這樣的名字啦！」

「他們現在都在俄羅斯嗎？」

她突然拉著我站起來，緊拉著我的手說：「對不起，我接下可能會哭喔，所以你要有心裡準備。」

悲傷搶灘登陸她的臉龐，白晰皮膚烏雲密布。

「他們在一場軍事叛變裡，在我面前被軍隊給射殺了。我很幸運地沒死，被送去和爺爺住，那個時候我才七歲。」

其實，我也一樣，父母雙亡了。那時，我十歲。原來我們都是目睹父母雙亡的孤兒。

塔提亞娜沒哭，反而是我的眼眶濕潤。她此刻的表情稜角分明，放開緊握我的手，和緩鎮定。她果然是女獵人，騎駒馳騁，掌弓狩獵，以汗水抵擋淚水，我終於瞭解她爲何可以是個馴獸師了。

隔天早上，我輕移腳步來到動物柵欄區，把頭探進蚊帳卻不見她的蹤影。

我抬頭，發現了她的蹤影。

女獵人，就睡在公獅子拿破崙的籠子裡。她枕在公獅子呼吸起伏的肚子上，睡狀安詳，顯然，她只花一個晚上，就已經和拿破崙成爲朋友了。

但我看到這樣的景象，卻失聲呼喊出驚恐，手中的水桶被我砸在地上，疾速逃開了柵欄區。

我把塔提亞娜對我喊叫跟拿破崙的晨吼拋在腦後。六年前的那個晚上，再度鮮明地造訪。那個晚上，母親也和獅子睡在柵欄裡。

我一個人，目睹了那紅色的一切。

師傅察覺了。

他察覺到了我的變化。這幾年我似乎漸漸淡忘，但看到塔提亞娜和獅子睡在籠子裡的畫面，那些師傅在我身體裡建立的遺忘螺絲，忽然鬆動了。我在練功的時候肢體僵硬，骨頭發出生鏽輪軸的喀喀聲；我在帳棚高空架燈具的時候，精神渙散，差點從高空跌落；我不敢面對師傅的臉，一看到他，我就想到他逼我遺忘的事。

他必須，進行一場儀式。

向晚寂寂，夕陽在海面上煮沸著橙紅波浪，師傅帶著我到了無人沙丘，和我一起打著赤膊在刺骨海風中盤腿打坐。圍繞我們的，是此地居民在此種植的芋頭。大芋葉迎著風搖曳，像是許多綠色巴掌打在我們身上。我們盤腿、閉眼、闔嘴、收心、關神，讓身體自成磁場，海風襲來馬上自動避開。但我卻完全靜不下來，體內暗流翻湧，一個身體地窖裡埋藏的瘡疤即將崩裂。

啪！

一個巴掌擊在我的腦蓋，接著是幾個結實的拳頭，陷入我的腹部、胸膛。

「你他媽的就是忘不了是不是？她都死了幾年了，我都忘了，你還是每天想念著她？你是要我說幾次？你那個神經病媽媽，六年前自殺死了！死了死了死了，把我們兩個拋下死了！」

他拿了準備好的水桶，衝到海裡去汲了一整桶冰冷的海水，往我的頭上澆下。海水灌頂，鹹味針刺我的雙眼，我止不住猛烈喘息。我肚子翻騰，胃腸一艘船在暴風雨裡揚帆出航。

他拿了剃刀，如同六年前加入這個馬戲團之前那樣，把我頂上的髮絲剃除，好幾處用力過猛，我感覺到頭皮滲出血，方才的鹹海水仍在，蝕進傷口，我沒有喊疼。

「忘了你媽媽這個人，人死了就是死了，那天晚上的事，你沒有看到任何東西。你看到的，就只是，你媽的屍體！」

師傅的話語在海風中飄送，咒語般反覆，打木樁似地敲進我的身體，然後在五臟六腑裡迴盪。

「今天我要跟你說，一件你從來不知道的事。你媽是個神經病，是個瘋子，你小時候，她就常常鬧自殺，只是你都不知道而已。我是不知道她到底跟你說了什麼東西，但是我要告訴你，我跟她的死，一點關係都沒有！」

虎爺。

師傅拿出一個盒子，拿出裡頭的大紅色絲綢布。媽媽的紅色。這幾年來師傅把這塊紅色布鎖在保險櫃裡，完全不讓我碰觸，我唯一保有的，就是我每次登台表演時，都會偷偷放在口袋裡的那一小塊截下來的紅布。

「本來我不想這麼做的，但是不這麼做，你永遠都不會聽我的話。記住，態度，就是態度。在我面前，態度最重要。」

他把紅布攤開，任之在飄揚在芋頭沙田上，紅色布幔張開如海，覆蓋住綠色的芋葉，覆蓋住我。他拿出一罐高粱酒，灑到紅布上，然後劃開火柴，把火引到紅布上。火快速蔓延，紅布在高溫中快速萎縮。我看到，紅布上的壁虎刺繡，快速地被火吞食。芋頭沙田也跟著燃燒，我也跟著燃燒，整個沙灘跟著燃燒，直到一切焦黑，寂靜。

師傅繼續汲了好幾桶海水，往芋頭田潑，也往我身上潑。

我撲倒在地上，全身沾滿焦黑的沙，胃腸裡的帆船以最猛烈的衝撞，從我的肛門衝出來。我完全無法控制，不斷地腹瀉。

我空了。

這個儀式之後，我真的空了。忘了，我也真的忘了。

師傅拿毯子包覆在我身上，轉身而去。

夕陽消逝，視線裡只剩黯淡星子隱隱發亮。我一個人盤坐在沙灘上，汗水奔流，感覺到時光穿過我的身體，一去不回。

突然，一雙手，輕輕拂過我的禿頂。我什麼都忘了，什麼都空了，但是我的身體記得，那樣的溫柔指紋，是屬於誰的。

我跟著那溫柔的指紋，走過沙灘，來到了一個充滿手風琴音符的拖車。

塔提亞娜的爺爺彈奏著手風琴，悲傷的音符大量流洩，口中叼著菸，吟唱著俄國民謠。

塔提亞娜拿了溫熱毛巾，仔細地幫我清除身上的沙粒血漬，然後用藥水，溫柔地塗抹我頭上的剃刀傷痕。她拿了一件棉質寬鬆的衣服幫我穿上，口中喃喃跟著爺爺哼唱。這民謠實在太悲傷，不斷刺痛我的眼睛，惹出淚水。

「要不要喝點茶？我有從俄國帶來的 Samovar 茶湯壺喔！」

她指著一個金屬茶壺，上頭有手繪的花鳥圖，春天花開草旺、鳥啾蟲鳴的簇擁色調。她旋開茶壺上頭的水龍頭，瞬間茶香四溢，爺爺也停止唱悲傷曲調了。我們三個對坐喝茶不語，只發出嘴唇品茶的聲音。

「謝謝你們。」

「不要謝我，要謝謝芋頭啦。」塔提亞娜說。

「芋頭？」

「對啊，我常常跑去那邊偷挖芋頭煮來吃，你知道種在沙地裡的芋頭有多好吃嗎？今天傍晚嘴饞，本來打算摸黑去偷幾個，結果就看到你的師傅把一切都燒掉啦！眞是氣死我。」

「對不起……」

「我想，我眞的不該問，但，你爸爸爲什麼要這樣對你？」

爸爸。

這個陌生的詞彙，我很久沒用了。

我，沒有爸爸。

「看你的表情，我猜得沒錯吧？」

塔提亞娜的爺爺，熄了菸，轉身離開拖車。

我一口把熱茶喝下，呼出熱氣說：「妳……怎麼……」

「我想，你可能自己都沒發覺，但我第一眼看到你們兩個站在一起，我就發現你們長得有點像。雖然你師傅中年有一點發福，而你卻比他高，也瘦很多，但你們的眉毛跟眼睛簡直就是一模一樣。不過，你現在眉毛燒掉啦！等你有時間去好好照照鏡子，然後就知道我在說什麼了。」

我真的，從來沒注意過。其實，我幾乎少照鏡子的，即使上場表演前化妝結束，我也不會把眼光投射到鏡子裡頭檢查裝扮。而且，我也很少注視師傅的臉。雖然我和他朝夕相處，但我從來不肯仔細端詳他的臉，在我心中，他的臉還停留在六年前的那個模樣。

「到底你們之間……」

我迅速打斷她：「可不可以，不要再問了？我什麼，我真的，什麼都不記得了。我不是騙妳，對不起！」這是真話，我的身體空成一個峽谷，任何人往我挨近，可能都會跌進去。

「好，我不問，也不說。放心吧！我說話算話！」

一個熟悉的聲音，突然闖進這輛拖車裡：「你怎麼搞成這麼狼狽？你師傅又對你怎麼了？」

我抬頭看，是吞火娜娜。塔提亞娜的爺爺抱著吞火娜娜進來，把她放在椅子上以後，從茶湯壺倒了一杯茶給她。「爺爺說的話我雖然不懂，但是在跑來跟我說了一串話，然後在他背後比畫胎記的圖樣，我就知道你出事了。」

吞火娜娜趕緊檢查我的傷口，氣憤地說：「你那個師傅根本是虐待你嘛！這是哪門子的訓練，把你搞成這樣。我看你脫離他好了，反正你現在表演應該可以自己來了，現在你師傅可是靠你在賺掌聲。」

突然，又一個聲音闖進拖車：「我們家的事，用不著外人來操心。」

師傅。他不知道已經在拖車門外站多久了，這是他擅長的，無聲無息地來到某處，再靈敏的人都無法察覺。

「虎爺師傅，不是我們愛管閒事，但是大家都知道壁虎是一個這麼乖的小孩，平常對你百依百順，他到底做了什麼事，讓你這樣懲罰他？」

「請妳管好自己的事就好了，壁虎是我的徒弟，管他是我的責任。」

「壁虎就像是我的弟弟一樣，我可不可以拜託你不要這樣對待他？」

師傅額頭上的青筋終於爆開，方才偽裝的禮貌，馬上消失在嘶吼裡：「妳這個怪胎！我警告妳，以後管好妳自己的事就好了！壁虎，走，原住民樂隊剛剛來了，小丑老闆說明天就可以開始彩排了，你給我回去好好休息。」

我順服地起身，向塔提亞娜、爺爺、吞火娜娜一一鞠躬，然後尾隨著師傅，走進黑夜裡。

但其實此刻我並不悲傷難過或者感到羞辱。因為我手中，握著塔提亞娜偷偷塞給我的一塊倖存的紅布。我在師傅背後偷偷攤開手心，發現那是紅布上的壁虎刺繡，不過，只剩下尾巴部分。母親留給我的壁虎，截斷自己的尾巴之後，隨著一把火逃逸了。

隔天就是彩排日，師傅一大早就要我離開拖車，彩排前不要回去。我瞭解，將會有一個陌生女人來訪，留下香水證據。

下午彩排，我終於知道，塔提亞娜其實不是馴獸師。她是巫師，擁有探進動物靈魂的力量，在圓形的舞台上，創造出一個動物同歡的奇幻宇宙，行星以她為中心環繞，她的掌心玩弄著一個浩瀚的天地。

她被小丑老闆安排為開場藝人，其他的表演者紛紛好奇地坐到觀眾席裡觀賞。我和吞火娜娜坐在一起，看著她穿上了自己新設計的人魚裝：一件用海邊摘來的白黃色月見草編織成的上衣。她握著我的手說：「昨天晚上實在是不應該跟你師傅吵架，今天找個機會，幫我推輪椅去跟他道歉。」

整個圓形表演區降下鐵柵欄，燈暗。

我背上的壁虎，蠕動了一下。我突然擔心了起來，預感隱隱成形。我趕緊環顧四周，空蕩蕩的觀眾席只坐著工作人員和表演者。但是，我感覺有個陌生又熟悉的身影，剛剛潛入。

「塔提亞娜緊不緊張啊？她第一次跟這些動物表演，不會有事吧？」我問呑火娜娜。

「拜託，她跟我一樣，都是巨星啦！哪有什麼問題！」

原住民樂隊開始擊鼓，犛牛鼓皮在原住民的手腕、手肘密集敲打下，發出千隻野牛莽原奔騰的壯闊，塔提亞娜坐在一個以芋頭寬葉爲裝飾的大型呼拉圈上，身穿著雪白飄逸流蘇服裝，從帳棚頂端緩緩降落。她懷裡一個金屬盒子，在全白燈光的照耀下閃閃發光。她打開盒子，釋放出幾百隻粉蝶，雪花蝶翼四處飛翔，讓整個舞台看起來就像一個下雪的國度。她在呼拉圈上做出幾個高難度的肢體伸展動作，原來，她也是沒有骨頭的人。她口中發出碼頭警告船隻濃霧來襲的霧角聲，對著帳棚四周呼喚，召喚古今遠近動物神靈：「各位觀眾大家晚安，我是來自俄羅斯的塔提亞娜，我不是個馴獸師，只是個快樂的女獵人。」

乾冰開始瀰漫舞台區，三隻母老虎從後台連接舞台的甬道入場，每隻身上都穿上了亮片裝束，連不肯讓人脫掉背心的天鵝妹妹也換上了新衣服。塔提亞娜朝天一喊，粉蝶突然瘋狂亂飛，漩渦似地在柵欄裡以她爲中心順時針飛舞，然後三隻母老虎也吼叫出獸性，開始全場奔跑，不斷往上跳躍試圖吃掉飛舞的蝴蝶，但是蝴蝶速度飛快，上下翩飛挑逗著老虎，卻沒有任何一隻被吃掉。然後爺爺騎著大象入場，彈奏著手風琴，水銀密度的悲傷曲調，讓飛舞的舞台俄頃平靜下來，三隻老虎安靜地坐在塔提亞娜下方，仰視著塔提亞娜，等待下一個指令，所有的蝴蝶停止飛舞，紛紛棲息在老虎身上，彷彿都坐下來聆聽著著爺爺的民謠曲調。塔提亞娜突然往上翻騰，跳出呼拉圈，然後安穩地落在大象背上。她開始配合著原住民樂隊和爺爺合奏著的快速舞曲手舞足蹈，在觀眾席的每一個人都禁不住跟著節奏拍手。然後公獅子進來了，塔提亞娜拿出了喇叭，胡亂吹奏出進行曲，命令大象屈膝坐下，然後朝公獅子拋一個媚眼，公獅子全身劇烈顫抖，蓬鬆獅毛觸電似地直豎站立。公獅子往前奔跑，跳到大象背上，讓塔提亞娜騎到牠身上，然後大象起身往前繞場奔跑，形成大象載獅子、獅子載人的不可思議畫面。粉蝶再度飛舞，三隻母老虎追逐著大象，不斷地繞場。而塔提亞娜則是在公獅子身上，點火釋放小型煙火，女王駕臨，萬獸之王。

這時，觀眾席的所有觀賞者都已經忍不住站起來拍手喝采。小丑老闆更是熱淚盈眶喊著：「有救了，有救了！我們票房有救了！」

碰！

一個巨大的爆炸聲，從帳棚某處傳來。碎裂的玻璃四處飛揚，所有的人抱頭鼠竄。表演柵欄區裡的動物也失控急奔，塔提亞娜和爺爺趕緊跳上呼拉圈，以免被失控的大象踩過。

吞火娜娜的大水缸，被炸得粉碎，剛裝進去的水跟著玻璃碎片四處飛濺。

混亂當中，我確定看見了那個熟悉的身影，被爆炸威力震到地上，然後快速起身逃逸。

那是白火。

警方說，有人在水缸裡裝了爆裂物，但是炸藥只足夠炸碎大水缸，所以幸好沒有釀成更大的災難。

馬戲團的團員都沒事，只有幾個人被玻璃碎片割傷。吞火娜娜的輪椅碾過一地玻璃碎片，發出更多的碎裂聲音。我知道，她是用這些碎裂聲音，來遮掩她的哭聲。

「這個水缸，是小丑老闆找人幫我訂做的，都跟我十幾年了，從南到北，貨車搬上搬下，也從來沒壞過。到底，誰這麼壞心會把我的水缸炸爛？我也沒跟誰結怨啊！」

小丑老闆和警察做完筆錄，眉頭深鎖：「這怎麼辦啦？才想說要找記者明天來拍照宣傳，現在這樣怎麼衝票房啦？離開演只剩幾天，我去哪裡生出一個水缸給娜娜表演啦？」

吞火娜娜拭乾眼淚：「我是不會被打倒的！至少我沒被炸死，要我表演跟獅子一起在路上散步我都可以！」

而我一直最擔心的，就是塔提亞娜。工作人員好不容易把失控的動物們請回柵欄，卻無法把掛在半空中的塔提亞娜請下來。爺爺在下面一直絮絮請求，塔提亞娜絲毫不爲所動，整個人癱軟在呼拉圈上，像是一輪明月裡人影斜躺。

我踩過一地碎玻璃，聽著爺爺不斷說著我聽不懂的語言，我只知道他需要我幫忙。我在爺爺的幫助之下，跳上了懸掛的呼拉圈。呼拉圈因爲我的加入而開始搖晃，塔提亞娜的臉依然埋在捲曲的波浪髮裡。

「我聽不懂爺爺說的話，但我知道，爺爺擔心妳。」

吞火娜娜也坐著輪椅到了呼拉圈下方：「塔提亞娜，妳沒受傷吧？我去叫工作人員把呼拉圈給降下來好不好？」

塔提亞娜終於出聲：「不要！」

「娜姐，讓我來。你們先都走開一下。」我知道塔提亞娜信任我，否則我剛剛跳上這個呼拉圈時，她早就把我踢下去了。

「好了，現在大家都走開了，忙著清理帳棚，拖地的拖地，掃玻璃的掃玻璃，受傷的就找吞火娜娜擦藥，只有我們兩個可以偷懶，啊！眞好！所以，我要謝謝妳啦！」

「對不起……」

「不不不，我跟妳道謝，妳應該說『不客氣』啦！雖然我很笨，沒上過學，不像妳會講中文、俄文、英文，又跟著爺爺去過那麼多國家巡迴表演，比我聰明太多了，但是我知道，這個時候妳說『對不起』，好像接不起來哩！」

塔提亞娜終於撥開臉上的頭髮說：「我就是要說對不起，怎麼樣啦！況且我的意思是，對不起，還要你上來陪我。」

「哈哈，沒關係啦。大家都很擔心妳，妳是不是受傷了？」

「沒有，真的沒有。只是，剛剛那個爆炸，讓我想起了我爸媽被子彈殺掉的那天。那天我爸媽帶著我去找一個親戚，然後整個小鎮突然就發生暴動，我們和許多人都被抓去當人質，幾個小時之後，有人闖進來，然後媽媽抱住我，我只聽到爆炸聲，還有槍聲。」

「對不起……」

「現在換你對不起啦？你對不起什麼？」

「我不該問的。」

「可不可以，抱我一下？我需要一點溫度。」

我的鬍鬚，又開始鑽開臉頰，準備佔領我的臉部。我身體突然冰凍，僵硬地往塔提亞娜移動。她突然傾身，用力地抱住我說：「謝謝你！壁虎。」

我們兩個手牽手，縱身跳下呼拉圈。

小丑老闆在一旁焦慮地來回踱步，不斷地從手上的高帽子抓出小動物，兔子、小雞、鴿子、小鱷魚、小蛇、青蛙。飛天女子團被這些小動物追著跑滿場飛奔，尖叫聲在每個人的耳膜抓出爪痕。

我擋住小丑老闆，試圖阻止他繼續變魔術：「小丑老闆，我也許知道，炸彈是誰放的。」

綠色鸚鵡萊特哥哥被小丑老闆從高帽子抓出來，喊叫著：「放開我！放開我！」

小丑老闆放開鸚鵡說：「誰？是誰想要毀了我？」

「我今天晚上，看到了白火。但這並不代表他一定就是放炸彈的人，只是我懷疑而已。」

小丑老闆的臉忽然消失了，變成一個燒燙的燈泡，通紅冒煙。他手放進高帽子裡漩渦攪動，然後「啊！」一聲，眼淚從燒紅燈泡滲出。「白火啊！你從我身上拿走的還不夠多嗎？」

他從高帽子裡，抓出了一隻孔雀。

連續好幾天，小丑老闆一直不斷從高帽子裡抓出雄孔雀，幾百隻孔雀遊走在海灘上，以斑爛的扇形開屏和流浪狗群對峙，在沙灘上留下深淺爪印，日夜不停發出悲傷的哀鳴。孔雀嚶嚶形成低氣壓，籠罩著士氣低迷的馬戲團。

小丑老闆一直不斷往臉上塗抹彩妝，不肯讓任何人看見他此時的眞面目。他的手一直在高帽子裡攪動，口裡咒語不絕，每變出一隻孔雀就氣憤地說：「白火啊白火，我就不相信我變不出你！快了，快了，我快抓到你了……」

因爲爆炸事件，馬戲團在此地開演的日子順延了一週，小丑老闆四處打聽著城裡哪裡可以訂做大型水缸，也趕印了新的海報，要大家分頭進城去張貼發送。海報一向是小丑老闆自己繪製，然後再交給印刷廠去印製，他在海報上畫出了每個表演者的表演神態，一幅異人秀織錦畫。大家連夜趕工合作把從孔雀身上拔下來的羽毛綴在海報角落，然後在下方釘上一張白火的懸賞畫像，上頭寫著：

尋找畫中人，獎賞：一百隻孔雀。

師傅看了白火畫像冷笑著：「這種獎品誰會想要？眞是笑死人，果然是窮酸馬戲團才會做的事。還有，竟然還把那個死外國丫頭畫在海報中央，這對我們這些對馬戲團付出這麼多的資深藝人，怎麼交代嘛！」我知道，那個中央被眾人環繞的位置，是師傅最想要的位置。以前他和媽媽在馬戲團裡長久以來都是台柱，也都是佔據海報最顯眼的位置。只有在掌聲洪流灌溉下，師傅才會覺得完整。

「我看，我們要趁這個團倒掉之前，趕快去加入其他的團。」

難道，又要離開了？

我一直渴望，有個家，一個四面牆壁堅固的家，而不是帳棚疲軟，雖能擋風遮雨但是毫無溫暖，也不是拖車鐵鏽，逐掌聲而不斷遷徙的日子。但是，這幾年我已經把這個馬戲團當作我的家了。每個團員都像我是我的家人，就連已經離團的叮噹扯鈴隊的團員們，偶而也會寫信給我向我問好。更何況這裡有我的娜姐，我的小丑老闆，還有，我的女孩。

不，我不要離開。

「不，我要留下來。」

我被自己的聲音嚇一跳。我竟然，對著師傅說出了我心裡所想的。但是，我的音量太小，被師傅轉身離去的腳步聲遮蓋，只有自己聽見。

塔提亞娜換上了飛行夾克，腳步輕盈地對著我打招呼：「哈囉，壁虎，你怎麼看起來這麼難過？」一大群孔雀尾隨著她亦步亦趨，努力開屏吸引她的注意。這些孔雀的行爲我完全可以理解，每次塔提亞娜一接近，我也會長出翠綠長羽，張開成扇，然後我體內就像一杯發泡汽水，攪亂著我完全無法瞭解或解決的生理反應。

「沒事，我只是，擔心娜姐。」

「拜託，沒事啦！娜姐剛剛還跟我說想跳進海裡游泳哩，要不是天氣實在是太冷，她現在早就在她最喜歡的水裡啦！她沒事啦。我要開車進城去幫小丑老闆張貼海報，跟我一起去好不好？」

塔提亞娜把紅色高跟鞋開上沙灘，我就坐在她後面，看著她駕馭方向盤，然後開上馬路，往城市狂飆。紅色高跟鞋性能很好，各種地形都翻越而過，簡直是吉普車。塔提亞娜的捲髮逆風飛行，一直不斷地傳來薄荷香氣。

「這台紅色高跟鞋是我和爺爺一起打造的喔！陪我們開過很多很多國家！」

「妳和爺爺總共去了多少個國家？」

她完全不加思索說出：「二十二個，你呢？」

「我怎麼可能出過國？又不會說英文，而且沒有機會啦。但是我跟著馬戲團巡演，台灣大小城鎮大概都去了差不多了。」

「英文簡單啦，我教你，俄文就比較難，我先教你英文，然後再教你俄文，然後我們改天再一起出國去參加馬戲團巡演，環遊世界！我們一起去蒙地卡羅參加馬戲團大賽！好好好，就這麼說定了！」

「眞的嗎？」

「壁虎，我當然是認眞的！」

這個隨口卻認眞的口頭承諾，在很多年以後，在我已經不是壁虎的時候，在我已經不再是這個寡言害羞的少男之後，在我殺掉身上的壁虎之後，在我殺掉師傅之後，在我忘掉一切之後，以我自己的力量，實現了。

我和塔提亞娜兩個人開進了緊鄰海邊小鎮的城市，在大街小巷張貼著海報，紅色高跟鞋車子引來許多側目，塔提亞娜熱情地和陌生人握手，幫馬戲團作宣傳，也當場拿出一堆票開始開賣。有民眾當場要我們表演兩招，塔提亞娜馬上要我脫了鞋倒立，然後手抓著我的腳板，在我上頭做出倒立、劈腿、單手支撐身體的動作。群眾的掌聲完全傳不到我耳朵，我只感覺到塔提亞娜的手穩穩抓著我的腳掌，開朗的笑聲感染了圍觀的群眾。

我很少進城，爲了有面積大的空地，馬戲團的帳棚幾乎都設在郊區，所以我雖然巡迴過島國不少角落，眞正體驗過的地方風情卻很少，幾乎都是在帳棚底下度過慘澹少年時光。但是塔提亞娜卻是周遊各國的少女，如舒張身體的冰上舞者，擁抱著群眾，體驗著不同的土地、語言、文化，我突然發現，她怎麼可能是我的女孩？這個女孩只是過客，終究會離開這裡飛往異域，而我只是一個被困在六年前的某一天時空裡的男孩，她怎麼可能會喜歡我？

我身上的翠綠長羽紛紛凋謝，身體裡不再發泡，下部頹軟。

突然，我也感到輕鬆，不再那麼緊繃。

一整天的努力之後，我們終於把一疊海報給張貼完，手上的票券也全部賣光。塔提亞娜和我邊吃著冰淇淋，邊慢慢開著紅色高跟鞋回海邊，一路上她一直哼著歌，我也跟著胡亂哼著，冰淇淋在夕陽的溫度下融化，沾滿了雙手也不管，只是努力用舌尖和溫度跟時間競賽，比不過就舔雙手，這是個甜甜的一天，我要舌尖牢牢記住。

帳棚就在視線的盡頭時，紅色高跟鞋卻拋錨了。塔提亞娜卻一點都不擔心：「沒關係，我們就把紅色高跟鞋先丟在這裡吧，我們散步回去，還趕得及吃晚飯！」

我們走過珊瑚海岸，夕陽像是切成一半的柳橙浮在海面上，木麻黃防風林收留著風聲過客，枝椏忙碌地舞動，海邊各種植物快速生長著，孔雀悲啼，流浪狗狼嚎，下弦月初登，高漲海潮挑動聽覺。

我們信步朝著帳棚走去，一路走過紫色馬鞍藤、濱刺麥、海沙菊等海邊植物，月色把塔提亞娜白晰的皮膚照得透明，那細緻的五官蓮臉湖水澄淨，漣漪是淺淺笑容。她突然停下說：「我可不可以，牽你的手？」

我的女孩。

我背上的壁虎，突然開始了冬眠，細微鼾聲傳到我的身體。壁虎眠去，白日將盡，這個崎嶇的海岸只剩下我和塔提亞娜。

我感到放鬆。

我的右手，繞過塔提亞娜的腰，緊緊抓住了她的右手。我的指尖在她手心閱讀掌紋，讀到游滿跳躍鮭魚的溪澗、溫柔微風居住的森林、雪花緩慢飄落的壑谷、迎晨盛開的春花。然後，在複雜的掌紋迷宮裡，我找到了，我。

那掌心裡，有我。

我們停駐在一個沙地上，四周的月見草在月光的召喚下，紛紛開出白黃色的小花。這些見月盛開、天明消逝的花朵，像是爆開的氣泡一一張開短暫生命的花苞，瞬間，我們就被花海圍繞。我們躺在花地上，塔提亞娜把我的衣衫全部褪去，舌頭探進我的肚臍，然後沿著我的腹肌紋路慢慢探索。她坐在我身上，猛獅亂髮在月光下捲得更厲害。她的瓷白裸體在海潮的伴奏下起伏，融入銀亮的天空。地心引力消失，我們浮在花地上，聽著大潮漸漸吞食海岸，看著芝麻星光灑滿天際，任由沙地摩擦我們的身體，兩個年輕的身體火燙成柔軟的燒玻璃，融進彼此，從此一體。

「壁虎，我的男孩。」

塔提亞娜，我的女孩。

我們穿上衣服，胸腔裡仍洶湧。我必須奔跑，我必須尖叫，這樣我才能平息胸腔裡猛亂的暗流。我拉著塔提亞娜往前狂奔，跑進海風借住的防風林，光腳踏過枯葉碎石，十六歲的身體不斷發出雀躍的叫喊：「塔提亞娜！塔提亞娜！塔提亞娜！」

塔提亞娜突然拉住我，用手摀住我的呼喊，一臉驚恐地說：「噓，壁虎，我覺得不太對，防風林裡有東西。」

烏雲遮住月光，防風林裡只剩黑暗。塔提亞娜用鼻息嗅聞四周，然後整個人顫抖地抓住我：「天哪！好多！」

「好多什麼？」

「來了，他們從每一個方向來了！壁虎，怎麼辦？」

我不知道塔提亞娜指的是什麼，但我也聽到，細碎而龐大的腳步聲踏過枯葉，包圍住我們。

烏雲散去露出月光，我們透過樹葉篩下來的月光，終於看到了幾百隻齜牙咧嘴的流浪狗，團團地圍住我們。

「壁虎，怎麼辦？我可以感覺到牠們非常飢餓，也非常生氣，可能是因爲我們闖進了他們的地盤！」

「塔提亞娜，妳對動物不是一向很在行？獅子老虎妳都可以馴服，這些只是狗……」

「我能夠控制那些動物，是因爲我都會慢慢地認識牠們，而且會把牠們餵得飽飽的才去跟牠們交朋友，現在我根本沒有時間認識這幾百隻狗，加上牠們很餓！」

狗群們露出兇狠的尖牙，慢慢地接近我們，彷彿等某個領導下令，馬上就衝過來把我們碎屍萬段。

突然其中一隻大型黑狗衝出來，往我們撲過來。我在塔提亞娜的尖叫聲當中，用力地把黑狗踢開，然後趕緊避到一棵較大的樹下。

我被巨大的恐懼襲擊：「不行！我們兩個根本對付不了這麼多隻！」

狗群開始全面失控，往我們狂奔過來。我試著把塔提亞娜抱起來頂到樹上去，但兩腿已經被狗牙給咬住。

碰！

槍聲。

碰碰碰！

我和塔提亞娜失衡跌倒，發現我們腳邊躺了中槍的三隻狗，正痛苦哀嚎。

我抬起頭，一個穿著銀色披風的人拿著獵槍坐在一棵樹上。

白火。

煙硝散開之後，我和白火的銀亮眼睛對峙著，他的槍管瞄準著我。

狗群散去，留下林子裡迴盪的狗吠。

「連一句謝謝，都不會說嗎？」白火的聲音陰涼扎骨，表情寒凍。他跳下樹幹，幽魂般在月光森林裡飄動：「好久不見了，壁虎，六年了吧？想不到，你現在可是一隻大壁虎啦！」

「果然是你，白火。水缸爆炸那天，我有看到你出現在帳棚裡。」

「喔？難怪！原來就是因爲你，我的臉才會出現在大街小巷。我跟你，到底有什麼仇啊？」

「你爲什麼要炸掉呑火娜娜的水缸？」

白火放下槍管，劃開火柴點燃菸斗說：「雖然我以前跟娜娜就很討厭彼此，但我沒那麼無聊，沒事去找個炸藥把她的水缸給炸掉，況且小丑老闆對我有恩，我不會這樣對他。」

「那你到底回來幹什麼？」

「本來呢，我只是要回來跟小丑老闆賞口飯吃，離開這個馬戲團之後，我怕小丑老闆找到我，根本不敢加入其他的馬戲團。但我其實除了馴獸，我什麼都不會，所以我聽說馬戲團會來這裡巡演，我就辭掉動物園管理員的工作，跑來找你們啦！但是我又擔心這麼多年來，小丑老闆還是沒有原諒我。我偷偷地觀察馬戲團，但是看到這個外國女孩精彩的表演之後，我想我大概是準備喝西北風啦！乾脆回去動物園繼續掃動物的大便。」

塔提亞娜從驚嚇中漸漸清醒過來：「原來，你就是那個當年的馴獸師，我在小丑老闆的拖車裡看過牆上有你的照片。」

「真的？原來老闆沒忘了我嘛！」

「照片上面，插滿了飛鏢。」

白火被一口煙嗆到，劇烈咳嗽著。我才發現，當年那個魁梧壯碩的白火，如今身形羸瘦，白皮膚上長了不少斑點。

「唉，本來就是我對不起他。當年他女兒會做傻事，我也要負責任。只是，你們大家都不知道，鋼索女在那次淹死自己之前，就已經自殺過很多次，割腕、吞藥、上吊，什麼她都做過。因爲她只要媽媽，不要爸爸。她一直把我當爸爸，只是我的確超過了該有的界線，畢竟她才是個小女孩。這是我的錯，但是，小丑老闆和鋼索女的死也有點關係。」

「你在說什麼？鋼索女會自殺都是因爲你！」原來鋼索女如同我的母親，主動迎向死神多次。

「我知道，我要負很大的責任。但是，鋼索女當年自殺不只是因爲我，還有大家都不知道的秘密。秘密啊！秘密。這幾天我在森林裡露營，我也看到太多秘密了，我看到你和這位女孩的秘密，我看到小丑老闆的秘密，我也看到，你師傅的秘密。」

「你到底在說些什麼？」

「壁虎，你難道眞的猜不到，還是只是裝傻？我看到你師傅找了一個老妓女，那個老妓女帶著一包東西來找他。然後你師傅趁著大家忙，帶著那包東西潛入帳棚，幾個小時之後，水缸就……」

我打斷他：「你說謊！」

但我知道白火沒有說謊。彩排那天早上，的確有陌生女子來訪。而虎爺性好毀滅，炸彈一事，的確很有可能是他所爲。

塔提亞娜對我說：「沒有證據，誰都不能亂說。」

但是，從我的表情，塔提亞娜和白火都看出來，我並不十分意外。

塔提亞娜轉身問白火：「白火先生，你說你看到這麼多秘密，那小丑老闆的秘密是什麼？」

「答案，就在他牆上的照片裡。」

說完，白火張開銀色披風說：「我眞的，該走了，藝人總該知道自己何時該退場了。幫我轉告小丑老闆一句話，就說……我對不起他。過幾天我會送個禮物到馬戲團去，我知道彌補不了什麼，但，也只能這樣了。」他往防風林深處走去，一縷輕煙消逝在視線中。

那眞的就是，我最後一次看到他了。

白火的禮物，幾天以後被一台大卡車載來馬戲團。

一個全新的大水缸，被幾個工人搬運到帳棚裡。不同於以往的方正，這個新的水缸有著橢圓瓜子的造型，且玻璃更厚，深度更深。呑火娜娜興奮地馬上爬進去，然後叫大家把水一桶一桶灌進去，她就浮在水面，享受水位慢慢上升的喜悅。

小丑師傅摸著新水缸，讀著白火附上的信：「這水缸花去我一輩子的積蓄，但是沒關係，就算是我對你的報答，感謝你從孤兒院把我帶到馬戲團。當然還有，我對你最深的抱歉。水缸，眞的不是我炸的，你知道我沒那麼無聊的。」

小丑老闆終於露出許久不見的笑容說：「白火，謝謝你。我就知道，不是你放的炸藥。現在，我們節目又完整啦！大家打起精神，馬上開始彩排吧！」

師傅在一旁，些許不安掠過眼神。

「達芬奇馬戲團」在狗屎孔雀海灘開演的那一晚，所有人都換上了新的戲服。呑火娜娜以橢圓水缸爲靈感，爲自己剪裁了一套新的橢圓幾何印花人魚裝。她也負責幫每個表演者設計新衣服，塔提亞娜穿上了水藍色鑲碎鑽貼身洋裝，塔提亞娜的爺爺則是水藍色的中國式馬褂，飛天女子隊身上的戲服縫滿了許多尖叫的血盆大口，叮噹扯鈴隊身上穿著由孔雀羽毛編織成的舞衣，小丑老闆換上一套新的紅色絨布燕尾服，背後的燕尾拖了三公尺長，上面綴滿了翠綠孔雀毛，只有師傅不肯穿上吞火娜娜設計的衣服，堅持要自己來。

他要我把身上所有的毛髮剃光，然後用黃黑顏料在我身上畫出老虎紋路。今天首演，我們要演出新的軟骨表演。

那天晚上，氣溫探底，大雨淅瀝，冰雹降下，但是整個帳棚爆滿著觀眾，讓所有表演者身上汗毛豎立，畢竟已經很久沒有這樣滿場的景象了。

閃光燈和掌聲一直不斷地從觀眾席傳來，塔提亞娜和動物的開場表演得到了如雷掌聲，她退到後台，看到我就是一個用力的擁抱：「台灣的觀眾好熱情喔！眞是太棒了！」她身上有著公獅子的非洲草原味道，黏貼上碎鑽的雙唇刮過我的臉頰，留下紅色的在場證明。我的女孩，我的塔提亞娜。

我注意到，也打扮成老虎的師傅，就在我們旁邊虎視著我們。

換我們登場前，我透過布幕看著場上的小丑老闆不斷扭著腰，身上的十幾個螢光彩色呼拉圈在他身上、手臂上、腳上不斷旋轉，原住民樂隊用大鼓敲擊，讓全場觀眾配合著打拍子。原來掌聲和歡呼聲有熱度，整個帳棚滾水沸騰，小丑老闆興奮地把呼拉圈一個一個拋向觀眾。

師傅在我耳邊細語：「下一個就是我們了，你給我好好專心表演，要是爲了那個死丫頭分心，我馬上當著觀眾踹你一腳。」

「塔提亞娜不是死丫頭，她是我的……」

「住嘴！你什麼時候學會頂嘴的！」

「我不是頂嘴，我只是要說，塔提亞娜是我的女朋友。」

「你這是什麼態度！六年前我大可以拋棄你，自己去闖天下，我這幾年帶著你這個包袱，犧牲的還不夠多？你知道有多少女觀眾看完我的表演就說要跟我結婚？都因爲你，所以我放棄了許多機會，你現在有了個死丫頭，就什麼都忘了？」

包袱。原來，我只是包袱。

第一次，我沒有因爲師傅的咒詈，而感到渺小孤單。反而，我感到些許的自由，從我和師傅之間的裂縫，悄悄地發芽了。

我想到和塔提亞娜的約定，我們要一起，環遊世界。我已經不再是必須附著在師傅身上的那個小壁虎，我不再孤單，我有我的女孩。

我們在掌聲中登場，幾個暖身動作之後，我和師傅做出我們苦練已久的動作：師傅站立在下，我的身體倒立，頭頂著他的頭，然後手放開，讓我們兩個平衡的接觸點就只有彼此頭顱的微小面積。師傅慢慢地原地轉圈，我在上頭，把身上所有的重量往下壓，心臟胃腸全移位到頭頂。但我的頭腦清晰，在人海震動裡，歷歷地看到了塔提亞娜站在觀眾席裡，帶領著觀眾一起呼喊：「壁虎！壁虎！壁虎！」

在觀眾跺腳喝采當中，我身體放空，一個翻越輕鬆落地。我對著師傅的耳朵說：「我知道，水缸是你炸的。」

師傅肩膀震動了一下，凌厲眼神割向我。

我只是繼續我們的表演，我褲子裡藏匿的燒焦壁虎尾巴紅布，突然掉落出來。師傅看著紅布，面目開始猙獰，尖指甲插入我的皮膚裡。

我一個身體彎曲，俐落地拾起地上的紅布，放進我的褲子裡。我突然不痛了，他可以鞭打我，可以傷害我，可以把我對於母親的記憶燒成灰燼，但是，我再也不痛了。我背上的壁虎，掙脫顏彩的遮蓋，快速地爬到我的肩膀上，然後沿著我的手臂往師傅爬行。壁虎到達我的指尖，張開嘴巴，隨著我故意沒修剪的指甲，鑽進師傅的手臂。

我微笑對著師傅說：「虎爺，我也知道，我的媽媽，不是自殺，而是你殺的。」

第三章
母親

我們，一直在路上。

有掌聲的地方，我們就往那裡去。帳棚的帆布和鐵架拆開，折疊好和燈具、舞台道具、觀眾座椅收進大貨車，原本被帳棚佔據的空地馬上被荒涼取代。籠子裡的動物一被搬動，就知道即將前往另一個陌生地，那裡有濕度不同的空氣、土質不同的大地、還有密度不同的掌聲。原住民樂隊把樂器放上他們的貨車，回歸山林去，等我們落定新地點才會和我們會合。工作人員和表演人員坐上自己的拖車，發動冬眠已久的引擎，一輛接著一輛，遊行列隊般跟著小丑老闆的拖車，開上公路，把前一個掌聲已稀的城市拋在後，往下一個掌聲水草豐盛的地方駛去，我們是不斷遷徙的游牧民族。

每輛拖車，都由大家合力畫上了不同的圖樣。塔提亞娜和爺爺的拖車畫上了下雪的莫斯科紅場，還有她的父母畫像；吞火娜娜和小丑老闆共用一個拖車，上面熱帶海洋魚群泅泳，但最醒目的是一隻游泳的孔雀；飛天女子隊的拖車是以孟克的《吶喊》畫作爲藍本，畫出五個尖叫的彩衣女子；叮噹扯鈴隊的拖車上畫滿了長了天使翅膀的扯鈴；我和師傅的拖車則是幾百隻色彩、品種不同的壁虎，在翠綠草原上爬行，旁邊一隻慵懶的老虎躺在草原上，眼光凌厲。

一輛拖車接著一輛拖車，我們駛過荒蕪僻壤，也經過繁華首都，前方有個目的地，掌聲磁石吸引著我們。

我開著拖車，跟在塔提亞娜的拖車後，尾隨著她父母的微笑容顏前進，紅色高跟鞋就牢牢綁在拖車頂。師傅在後面喝酒嗑瓜子，一路顛簸酒話滔滔。我從後視鏡看著他醉紅的臉，然後對照自己的臉，塔提亞娜說的沒錯，儘管我不斷否認，但我和師傅的確有著相似的臉。這幾年來師傅一直反對我和塔提亞娜在一起，他怒罵、嘮叨、低語、吼叫，各種語言的策略都用上了，但他發現塔提亞娜在這些語言策略裡安穩如山，總是微笑沉默，而且一雙溫柔的眼神彷彿探進師傅靈魂裡的那隻老虎，眼神馬上變成梳子，梳過老虎糾結凌亂的毛髮，梳子接著變成銼刀，磨過老虎銳利攻擊的牙齒，最後連鋒利的指甲都圓滑疲鈍，陌生而溫柔的語言遊蕩在師傅身體峽谷裡。

所以他最後只好選擇避開塔提亞娜，不正視不交談不提及。

他常威脅我要出走，但我知道，他和我一樣，無處可走。而且他知道我已經不再是小男孩，已經無法把我折疊收進行李箱裡強行帶走。他年紀已長，骨頭開始不聽使喚，在歲月沖刷裡慢慢堅硬，也很難可以找到其他的馬戲團加入。所以他開始拒絕和我說話，酒精裡沉浮，好幾次表演他根本無法上台，都是我一個人獨撐全場。而當聚光燈打在我身上，我只看到自己的影子，孤單襲擊。我的身體移動都是師傅打造的磚瓦，我必須承認，少了他，我單薄勢弱。

有一次，他眞的出走了。他把我存在抽屜裡的錢全部帶走，什麼都沒說就走了。幾個月後，他突然出現在拖車裡，全身毛髮春草旺盛，眼神窟窿渙散。我幫他脫下長霉的外衣，在圓形大木桶裡放入新鮮熱水，幫他洗去灰土風塵。木桶上的旋轉木馬在時空淘洗中漸漸斑駁，一座破落的遊樂場。

在熱水灌溉中，師傅說話了：「我去找你媽。」

我端詳著木桶上被抹去的紅衣女子容顏，那個十歲的遙遠記憶，已經是一首旋律剝落的故事了。我曾經不斷追尋那個紅衣女子，夢境裡求索，現實裡追尋，但師傅當年摧毀了一切關於母親的形象，我甚至沒有任何一張照片來給我具體形象辨認母親，日子輪軸磨損思緒，母者霧裡恍惚，只剩下那攤籠子裡和獅子共眠的紅色鮮血，在記憶裡不斷聚積死亡麴黴，發潮發酵發臭。

「師傅，你自己也都一直告訴我，媽媽已經死了。你找不到她的。」

熱水洗不去師傅身上的沙塵，臉上也多了許多深刻的皺紋，好似他行過萬里，走到了世界的邊緣，空手而回。

「我要找到她，跟你證明，她不是我殺的。」

酒話我不當眞，只把那次的出走，當作師傅的驅魔儀式之一。他殺了自己的老婆，毀了自己的家庭，把自己的父親身分摧毀，這次上路，或許本來是不想回歸的，只是孤獨生存苦行，回來至少有我這個可供使喚的徒弟。

我專注跟著塔提亞娜的拖車，無暇觀看周遭風景，聽著拖車引擎老驢喘動。突然師傅喉間一聲短促的叫喊，我從後視鏡看到他眼睛直視窗外，手裡的瓜子灑了一地。

我也往窗外看出去。

這裡。

我們回來了。

我認出來了。

這裡是，那個城鎮。

那個，師傅和我連夜逃離的城鎮。那個，我十歲以前居住的城鎮。當時，另一個馬戲團在城鎮的邊緣搭起了比「達芬奇馬戲團」更大的帳棚，裡頭每天爆滿著觀眾。直到那一場我已經漸漸遺忘的喪禮。

我們，叛逃多年之後，在小丑老闆的帶領之下，回來了。

而我當時並不知道，母親，也回來了。

馬戲團車隊開進一條繁忙的街道，帶頭的小丑老闆突然停下來。他跳下拖車，交代著隊伍裡的每一部車：「現在是最好的宣傳機會，大家一起拿出絕活吧！現在，車頂就是你們的舞台啦！記得啊，票房好，每個人分紅也多啦！」

他拿起擴音器對著街上擁擠的人潮呼喊：「各位鄉親父老兄弟姊妹，大家好！我們是『達芬奇馬戲團』！今天初次來到貴寶地，要跟大家報告一個好消息，那就是我們即將在『百香果大草原』上面搭建起我們的帳棚，在此地上演精彩的馬戲表演！歡迎各位密切注意我們的演出日期，趕快來買票喔！」

我們眞的回來了。

百香果大草原。我記得，我記得。

空氣當中的酸度，溝渠裡堆滿的百香果，黏在舌尖的冰。

每一車的藝人都跳到了車頂，對著人來人往擺出個姿勢，耍出幾招絕活。小丑老闆從他的拖車放出震耳的音樂，然後把擴音器放在飛天女子團的前面，請她們盡情尖叫。

啊啊啊啊啊啊啊啊啊啊。

只有我和師傅，坐在拖車上，動彈不得。

我的腦子被尖叫聲剖開，某段藏在腦葉的童年記憶，被歷歷挑開。

那是我第一次看到馬戲團，就在這條街上。

母親牽著我的手，在一棟白色建築的騎樓等待著。我們在等待著什麼？母親不肯說，只是幫我穿上了體面的衣服，幫我的頭髮上了髮油，她自己則是紅底碎黃花連身洋裝，頭髮浪捲，高跟鞋踩碎一地的金黃陽光。

鼓聲、鞭炮聲從街道的盡頭傳來。母親雀躍地拉長脖子，開心地對我說：「爸爸回來囉！爸爸回來囉！你很久沒看到爸爸，大概忘了他了吧？」

兩旁民眾夾道圍觀，一個馬戲團車隊在鼓聲隆隆中緩緩前進，彩色碎紙片灑滿整個街頭，鞭炮炸開眾人的驚呼。我抬頭一看，好幾個月不見的父親，就坐在第一輛車子的車頂，身上纏繞著一隻黃金蟒，在人群當中搜尋著母親的身影。母親放開我的手，對著父親大叫：「我在這裡！我在這裡！」

父親從車頂縱身而下，身上的蟒蛇把圍觀的人群嚇得疾奔，母親和他在路中央相遇，開心地擁抱親吻。黃金蟒繞過母親的身體，把兩人緊緊圍繞，遠遠看像是一條金黃繩子把兩個人綁在一起。

那時，我四歲。父親和馬戲團去外地巡演，母親因爲身體不適，沒加入那次的巡演，和我留在這個城鎮裡休養，等待父親隨著馬戲團歸來。

我在人群當中仰望著馬戲團車隊，看到長頸鹿、猴子，聽到馬嘶嘶鳴叫、鸚鵡隨著鼓聲唱歌。那是我第一次，對於馬戲團的彩色印象。然後鼓聲遠去，彩色紙片被掃把堆入畚箕裡，我放聲大哭。

「我要馬戲團！我要馬戲團啦！」

父親把我抱在懷中，哄著我說：「傻兒子，我們就是馬戲團啊！你也是馬戲團啊！」

母親馬上搬出了白色房子，帶著我搬入了馬戲團的拖車。

我鼓起勇氣把視線放到車外，尋不得那棟白色房子，只看到塔提亞娜對著我揮手呼喊：「壁虎！怎麼不下車啊？很多人圍觀呢！」

吞火娜娜坐著輪椅敲著我的車門說：「拜託，我感冒生病都出來幫忙宣傳了，你這隻壁虎還賴在車裡，太懶了吧！」

但是我沒有回應，眼光繼續搜尋。

「不用找了，那棟房子，幾年前燒掉了。」師傅語調清醒，酒氣全消。

車隊在小丑師傅的吆喝下繼續前進。一樣的街道，一樣的人物，只不過，父親不再是父親，而是此刻淚流滿面的師傅。

「我當年帶你走，就打算不要再回來了！想不到……」

我沒聽到師傅的話。

因爲，我在散去的人群當中，似乎看到了那一件紅底碎黃花連身洋裝，在陽光底下飄移。紅色洋裝快速地消失在人群中，我來不及確認，只感覺到心上一點硃砂痣壓著。

秘密，我和師傅謹守多年的秘密，快要崩解了。

「百香果大草原」因爲座落在製冰廠旁邊而得名。製冰廠專門生產百香果口味的冰棒，每天都有一輛輛的貨櫃車載著百香果入廠。百香果汁液從工廠的排水系統排入下水道，經過處理的百香果果實也被傾倒到河川、溝渠，紫紅色的腐爛果實浮在河面上，像是一顆顆破爛的頭顱載沉載浮，讓工廠方圓百里都充滿了濃郁的百香果味道，有腐酸中帶新甜的衝突刺鼻。我在這個草原度過我快樂的童年，聞到百香果味道就會想到那些帳棚底下的日子。

多年後，一切幾乎都沒變。製冰廠依然忙碌，百香果的味道延伸百里，河川仍舊因爲廢棄的百香果嚴重淤積，河面上有死狗死豬死羊浮沉，還有一整個旋轉木馬機器被丟進河裡，所有的木馬斑剝腐爛，佔據廣大的河面，毒蚊煙瘴，死水簇聚。再往下游看，可以看到一個摩天輪也被丟棄在河中，只剩半個圓形鐵架裸露在發臭的百香果河面上，一群禿鷹棲息在上面。

我們把拖車停在草地上，綠茵及膝，蚊蟲亂舞。小丑老闆看著河面上的破敗，感嘆地說：「聽說以前有個名氣很大的馬戲團，長年都在這裡表演，他們有幾百名的表演者，帳棚大概也是我們的好幾倍大吧！他們不僅搭起帳棚，還會搭起雲霄飛車、旋轉木馬、摩天輪，全國知名呢！很多人都會扶老攜幼特地遠道來這裡看他們表演。後來也不知道爲什麼就沒落了，聽說當初的團員都淪落到像我們這種比較小型的馬戲團了。」

一陣風帶來濃烈的百香果味道，春草盡偃，天色突變。塔提亞娜抓住我的手臂，察覺到了我的不安。我緊緊抱住她，一句話都說不出來。我沒想過會重回這片草原，我需要力量，我快站不住了。

塔提亞娜擔心地問：「你怎麼了？」

我的秘密。連對著和我最親密的女孩，我的秘密依然千層包覆，說不出口。對不起，塔提亞娜，我來自一個陰暗的過去，那是一個我至今還不瞭解的過去。塔提亞娜多次詢問我的過去，她知道師傅是我的父親，但僅止於此，其他她完全無法穿越，我的答案總是：「我忘了。」

但是，站在這片草原上，在時光裡碎裂的母親形象，一點一滴慢慢回來了。

我記得，母親穿著那件紅色洋裝，帶著我跑過這片草原，紅色裙擺拂過綠草，母親的笑聲一直不肯停：「壁虎啊！我好快樂啊！你爸爸回來了，我好快樂啊！你快不快樂啊？快跑啊！我帶你去坐旋轉木馬！」

那閃亮流麗的旋轉木馬，承載著母親和我的笑聲，在風中的草原陀螺般不斷旋轉，最後轉進了臭河，旋轉停止，歡笑停止。

眾人以最快的速度，在「百香果大草原」上搭建帳棚。製冰廠每天都有許多媽媽騎著摩托車進工廠載著一箱冰棒上市場或者沿街叫賣，小丑老闆每天都會跟這些媽媽買冰棒，然後每人一支，讓冰涼的冰棒犒賞一天的汗水淋漓。

我記得，母親最討厭吃百香果冰棒，因爲她受不了這條美麗的河川被工廠污染成這樣。她說過：「我剛進這個馬戲團的時候，這邊並沒有這個討厭的工廠。那時候，河水清澈，還可以釣魚，我都會和姊姊跳進去游泳。現在完全都被破壞啦！」

我開著除草機，載著塔提亞娜疾駛過草原，及膝春草被機器吞入又吐出，草味濕潤清新，黏附在我們的皮膚上，胡亂抓，手心就是一把春天。塔提亞娜在除草機上緊抱著我，笑聲在我耳裡跳，比老牛除草機的分貝還高：「春天的陽光好舒服啊！」

我記得，春天是母親最愛的季節。

我記得，母親也很愛笑。她跟我一樣，笑起來右臉頰會凹進酒窩，只是我很少笑，所以酒窩不常顯露。但母親的酒窩是深邃的洞窟，裡頭藏著清風春雨，她一笑就會引風出洞，傳染病般快速感染周遭的每一個人。尤其當她在父親身邊，父親就是風，她就是風鈴，笑聲不歇。

我記得，母親最愛抱著我坐上旋轉木馬，在旋轉暈眩當中不停笑著。

但是，我不記得到底爲什麼，後來她就不笑了。後來她不僅不笑了，還開始哭泣。夜裡她和父親壓低音量爭吵，我聽不到爭吵內容，但幾次激烈的爭吵之後，父親出走了。母親哭花了妝在台上一個人表演軟骨功，哭聲震撼每一個觀眾，讓許多人無緣無故跟著大哭，這樣一直持續直到父親回來。

現在我記得，母親笑和哭，都像是無止盡似的。

一輛救護車從我們面前疾駛過，嗚嗚警報割破草原上寧靜的空氣。

一個扯鈴隊的成員，向我們飛奔過來，氣喘吁吁地比畫著手語。

我馬上跳下除草機，拉著塔提亞娜往拖車區狂奔：「快！是吞火娜娜！」

吞火娜娜睡著了。

她一路從擔架、救護車、到急診室，從來沒醒來過。

醫生宣布呑火娜娜死亡時，所有在醫院守候的人都不知道那是什麼意思。

死亡。

那是什麼？

怎麼這麼突然？這兩個字怎麼寫？

塔提亞娜抱著我大哭，哭聲漣漪出去，每個人都在哭。

只有我沒哭。

還有，師傅一臉倉皇，奔出醫院。這是他面對死亡的唯一反應，逃。

我搖醒小丑師傅的呆滯說：「我們帶她回去，娜姐不會喜歡這麼冰冷又沒顏色的地方。」

記者來了，鎂光燈閃動，娜姐登上了報紙的頭條：「醫界奇蹟，併肢畸形患者娜娜，存活了將近三十年，而通常有這種罕見疾病的患者，下肢併連，出生幾小時之內就會死亡，但這位在馬戲團擔任美人魚表演的娜娜，卻活了快三十年，醫界紛紛表示是不可思議的奇蹟。」

娜姐，本來就是個奇蹟。

她是重感冒引發器官衰竭，急救無效。

那天早上，春寒料峭，娜姐還堅持進入水缸裡，練習她新學會的水上芭蕾招數。我在水缸外和她聊著天，聽著她打噴嚏、咳嗽，聽著她笑著，聽著她說希望可以當我和塔提亞娜以後生出來的小孩的乾媽。就像，我們每天那樣。

「你覺得如果我邊在水裡跳舞邊打噴嚏，觀眾會不會給我同情的掌聲啊？」

「要不要去看醫生啊？」

「拜託！你忘了我是呑火娜娜喔！我等於是這個馬戲團的醫生嘛！別擔心我，我才擔心你哩。自從塔提亞娜加入我們，你就快樂許多，但我們來這個臭百香果大草原之後，我看你就不太對勁。」

「我沒事。」

「拜託，我看你長大的，你有事沒事都不會說，這我會不知道喔？記得，眞的需要人說話，我都在這個水缸裡等你喔！」

娜姐，妳這次怎麼沒有等我？

娜姐愛掌聲，人群爲她歡呼就是她的動力。如今她的燈熄了，退場了，我知道她還是要掌聲。

我們把她接回帳棚，把她安放在伴她每日安眠的大沙發上。小丑老闆把一張娜娜生前最愛的照片給了記者，讓照片登上各大報紙版面。照片裡，娜姐坐在她的大衣櫃前面，燦爛笑著，身上是她自己縫製的亮片人魚裝。我看著報紙，終於哭出來，大聲抽噎，眼淚暈開油墨，娜姐，大家都看到妳了！妳聽到了嗎？掌聲從各個角落傳來，不再只是帳棚裡，每個讀報的人，都爲妳喝采，因爲妳把「畸形」兩字踩在腳下，憑著毅力活出了美麗的姿態，美人魚不再是神話，都因爲妳。

我們籌備著一場喪禮。

我生命中，第二場喪禮。

塔提亞娜和叮噹扯鈴隊連夜趕工，縫製一件新的衣服給呑火娜娜穿上。她們邊縫邊哭，眼淚沾濕布料，怎麼用吹風機烘都不乾。

塔提亞娜爺爺拿了油漆，把紅色高跟鞋漆成黑色，坐在上面不斷抽著呑火娜娜送給他的菸斗。

飛天女子隊安靜了，不尖叫了，她們拿了刷子菜瓜布，把娜娜的橢圓水缸仔仔細細地刷洗過一遍，然後注入清水。七分滿，就是娜娜喜歡的水位。

小丑老闆坐在呑火娜娜的屍體旁邊，高帽子放在一旁，他變不出任何東西了，所有的把戲都是徒然。這是他第二次失去女兒。從第一眼在寺廟的魚池裡看到呑火娜娜，到如今看著她不再游動的軀體，娜娜從來就是這個馬戲團的支柱，大家都太習慣有她。那卸了妝謝了幕一鞠躬的臉龐，不是幻覺，就是清清楚楚，在微笑。

我把呑火娜娜的輪椅刷洗過之後，用河邊採來的新鮮花朵裝飾，然後用她衣櫃裡的貝殼掛在輪子上。我用羽毛做了對翅膀，貼在輪椅上面，娜姐一輩子都不能自由行走，但我知道她終於可以飛翔，比我們都還自由。

喪禮那天，扶養吞火娜娜長大的比丘尼們意外來訪。我們才知道，原來吞火娜娜離開寺廟以後，每年都會固定把自己表演所賺的錢寄回去，從來沒有中斷過。比丘尼們特地前來，自願負責喪禮法事，爲娜娜送終。

這場喪禮，在繁花盛開的春日舉行，沒有人哭泣。大家都知道吞火娜娜不喜歡眼淚，所以喪禮在誦經儀式之後，由特地趕到的原住民樂隊奏出一首特地爲吞火娜娜譜的曲子〈人魚之歌〉，樂師們不敲鑼打鼓，只是用玻璃杯敲打出清澈的水晶音樂，吟唱生命之喜，慶祝娜娜在掌聲中走完這一遭，姿態完美。小丑老闆訂做了一個玻璃棺，讓化上舞台妝的娜娜躺進去，然後清水灌入，封棺灑花，草原是吞火娜娜的長眠地。

我們把吞火娜娜的大衣櫃、大沙發、水缸一把火燒掉，讓她在另外一個世界接收；讓她在飛翔的時候，還可以鑽進衣櫃找戲服，躺在沙發上睡覺，還能在水裡盡情游泳。火把大水缸燒黑變形，碎片爆開，正式宣告吞火娜娜的人魚表演畫上句點。火燒了三天三夜不肯停歇，春雨綿密也滅不了火，直到一切成灰，草原上燒出一塊禿。

這是，我在這塊草原上，參加的第二個喪禮。

我站在這塊禿地上，想起了第一場喪禮。

我十歲那場喪禮，是我的母親的。母親自殺的陰影籠罩在馬戲團裡，當天晚上的表演也取消了。母親的遺言寫成好幾份，在她自殺前塞入了每輛拖車，給每個馬戲團成員看：「把我燒了，在草原上燒了。我不要任何人哭泣，請大家開開心心，化好妝，穿上表演的戲服，就當作是參加營火晚會。還有，我要我的丈夫幫我點火，是他造成的，他該收尾。」

父親找來乾燥的柴薪，堆在草原上，一個大型木柴鳥巢，張開口等著母親的屍體。馬戲團的團員試著阻止父親，但他獨立完成了母親要求的喪禮舞台。我被父親鎖在拖車裡，我還不能理解我看到的，只能哭泣抽搐，直到父親打開拖車門，快速地用顏料在我的臉上畫上誇張的小丑妝，然後也在自己臉上化上舞台妝。

「這是你媽最後的要求，我們幫她完成。」

我的眼淚翻出眼眶，父親一巴掌轟過來：「哭什麼哭？不准哭！你媽說了，她不要任何人哭泣！」

馬戲團幾百個成員，卻沒有一個人前來參加這場喪禮。大家都躲在拖車裡，透過窗縫看著我和父親。

父親把穿著紅衣的母親放置在柴薪上，一桶汽油灑上去，火柴握在手心。我嚎啕大哭，往母親的屍體奔去，卻被父親一巴掌揮走，痛苦地跌在草地上。

父親對著母親的屍體說：「這是妳要的。我知道妳要毀了我，但是我不會讓妳毀了我。我甚至可以在壁虎一覺醒來以後，告訴他什麼都沒發生過。他會發現媽媽還在，我還在，什麼都在，他看到的，根本就是作夢。」他擦亮火柴，丟進柴堆，我昏過去。

我醒來。

媽媽不在了。

娜娜，也不在了。

三天。

「我好擔心你，總覺得我快失去你了。」

塔提亞娜緊抱著我，試著溫熱我冷汗奔流的身體。自從吞火娜娜出事之後，我就一直沒有辦法回自己的拖車，我無法面對師傅。我依偎在塔提亞娜的身邊，過去的一切淤積在胸口，我清楚聽到胸骨慢慢裂開的聲音。

「壁虎，你什麼都可以跟我說，知道嗎？」

我受不了了，我要說了。

「再過三天，就是我媽媽的忌日。」

「真的？那不是剛好跟我們的首演撞期？你不是說你對你媽媽的印象全部模糊了，怎麼還記得她的忌日？她是怎麼死的？」

我把頭埋進塔提亞娜的胸口說：「她是我爸殺死的。」

三天。

塔提亞娜沒繼續追問，她知道這是我此刻的限度了，再追問我就要崩潰了。而三天後馬戲團就要公演，沒有了吞火娜娜，每個人的表演都要增長，我需要穩定的身體，才能在觀眾前失去我的骨頭。每日買醉的師傅確定是無法登台了，在這片草原上，母親的鬼魂環伺，我知道他和我一樣，每天夢裡都會重回當年死亡現場，我們都會看到那個紅衣女子在柴薪上燒起來，骨肉在火海裡分離，紅衣女子突然坐起來，對著父親喊出那句我至今不懂的話：「我們兩個之間，你只能選一個！而且不能是她！」

我，要在母親自殺那天，獨自登台表演母親教導我的軟骨功。

兩天。

我幾乎聽不到周遭任何人對我的話語，因爲我背上的壁虎開始尖叫。來了，快來了，某種東西，快來了。

娜姐，我好需要妳。這些年來，妳給我的力量從不間斷，我需要妳從衣櫃裡抓出一個我不管是什麼的東西，什麼都好，我知道那個東西會給我力量，因爲是妳給的。我瘋狂翻閱這十多年來呑火娜娜送給我的筆記本，閱讀著我的生字練習，我的塗鴉。我發現，我不斷用紅色蠟筆在筆記本上勾勒紅衣女子形象，我畫紅衣女子坐旋轉木馬、腳掌貼額頭表演軟骨功、咆哮、哭泣、大笑，但是那張臉我就是畫不出來，幾乎都是被蠟筆胡亂模糊五官。

我記不起，曾經和我最親密的母親的臉龐。

我衝回自己的拖車，師傅不在，我翻出大木桶，戀戀撫摸著上面被師傅暴力擦去的母親圖案。這是當年父親送給母親的生日禮物，他找了上好的檜木，自己手工打造，然後在上面畫上母親最愛的旋轉木馬。我記得，母親和父親一起在木桶裡浸泡「失骨」的熱烈景象，那樣不肯離開彼此身體一吋的親密交纏。

但是我就是不記得她的臉！

呑火娜娜，是否有一天，我也會忘記妳的臉？

我在帳棚裡找到了小丑老闆，他正和師傅一起架起高空鋼索，他要自己表演多年不肯碰觸的鋼索平衡表演。我爬上鷹架，在高空中坐在小丑老闆身旁。鋼索的另一端，師傅刻意避開我的注視。

「壁虎啊，練習了怎麼樣啦？你師傅說他老了啦，要給你自己上場啦。我看他是每天喝太多，勸也勸不聽，所以我就叫他來幫我拉鋼索，總要找點事情給他做。」

「小丑老闆，可不可以，給我一張呑火娜娜的照片？我知道你有收集大家照片的習慣，一張給我好不好？」

小丑老闆長吁一口氣說：「這次演出，我看大家都很賣力在練習，你看連飛天女子隊都在嘴巴綁住了布條，努力練習著不要尖叫。這一切，都是爲了娜娜。」他脫下高帽子，從裡頭抓出一串鑰匙交給我：「到我的拖車去吧，有一整面牆上，我貼了很多照片。找一張你喜歡的娜娜照片，就拿去吧！她一直把你當作親生弟弟，我也不准你忘了她。」

兩天。

就在「達芬奇馬戲團」在「百香果大草原」的首演的前兩天，我和塔提亞娜站在小丑師傅的照片牆前面，發現了小丑老闆的秘密。

塔提亞娜驚訝地說：「原來，這就是幾年前，那個白火在防風林裡面跟我們說的那個秘密。」

而我背上的壁虎，已經從尖叫變成哭喊了。

兩天。

白火說過，鋼索女只要媽媽，不要爸爸。

數百張照片密密麻麻佔據了一整面牆壁，從泛黃到鮮豔，全部被圖釘牢牢固定，照片組成歷史年表，紀錄了小丑老闆的一生。我也在上面，找到自己的照片，有十歲的壁虎，面對鏡頭眼神驚恐，也有十八歲的壁虎，和塔提亞娜開心合照。吞火娜娜歷年來的服裝都停格在照片裡，在這些小框框裡活成化石。我找到我和她的合照，照片裡她剛剛燙了大波浪捲髮，表情就是讓我最安心的笑臉。

是塔提亞娜先發現的。

小丑老闆把自己和鋼索女的合照排列成行，塔提亞娜看著照片裡的鋼索女問：「這個就是小丑老闆的女兒吧？」

我點點頭，和塔提亞娜沿著照片的年代往回溯，發現了鋼索女更小的時候，都是和一個女人合照的，照片裡面都沒有小丑老闆。

我回答：「那應該是鋼索女的媽媽，小丑老闆跟很多人說過，鋼索女的媽媽走了很多年，所以是小丑老闆一個人扶養鋼索女。」

「壁虎，不。你再仔細看，注意鋼索女的媽媽。」

我跌進那些照片裡，注意看著鋼索女的媽媽。

那堅毅的臉龐，額頭上有著深深的皺紋，甚至連笑著對鏡頭，都有種悲苦的滑稽神情。

那是小丑老闆。

那臉的輪廓、身形，都是小丑老闆。他一直是鋼索女的媽媽，直到某一張照片之後，他變成了小丑老闆。

一天。

還有一天。

我也在那些小丑老闆依然是鋼索女的媽媽的照片裡，看到了吞火娜娜少女的身影。原來，吞火娜娜也知道，但是這個秘密一直被謹慎地保護著，只是不小心被我們開啓了。

在這個水草豐盛的春天，許多秘密，都要一一開啓了。

塔提亞娜在演出前一天決定加入小丑老闆，一起在鋼索上表演。塔提亞娜一開始在馬戲學校學的就是鋼索平衡，所以她一上鋼索如魚得水，右手一把大扇子攪動氣流，協助身體在鋼索上平衡。她使出絕活，穿上三吋高跟鞋走鋼索，而且下面不加設安全防護網，只是在身上綁防護鋼絲，如果不慎掉落會被鋼絲吊住。「我沒那麼差好不好啦！壁虎先生，不用擔心我，請你先擔心自己的表演好不好？我從沒看過你這麼緊張，又不是第一次自己上場，眞是的。」

倒數。

呑火娜娜的死，讓馬戲團登上了各大媒體，也讓首演夜擠滿了觀眾，整個帳棚像個蒸籠，炊煮著期待的人氣。

燈光亮起，小丑老闆在高空的鋼索上對著觀眾發聲：「今晚，我要說很少很少的話。因爲，今晚這一場表演，我們要獻給我們剛剛失去的好朋友：呑火娜娜。」投影機把呑火娜娜的身影，投射在白色布幕上，樂音流洩，水波音效蕩漾。

「娜娜，謝謝妳陪我們這麼多年。今天晚上的掌聲，是屬於妳的。」

表演者輪番上場，每一個人都使出了渾身解數，不私求掌聲，只單純地以表演，在舞台上和娜娜重遇。因爲，我們都相信，娜娜就坐在觀眾席裡，一如往常地大聲喝采。

我刻意不在身上畫上任何顏彩，把壁虎裸露在外。

母親對我說過，我出生的時候，是在一個擠滿孕婦的鄉下小醫院，她當時好擔心護士在混亂當中抱錯嬰兒。但她看到我背上有個壁虎胎記，馬上就安心了。有了這個胎記，就算戎馬倥傯，她也會找到我。

她自殺的那個晚上，撫摸著我的胎記說：「記得，不管怎麼樣，不要失去自己。找不到自己的時候，記得尋找你背上的壁虎，這樣就可以找到自己了。我就是找不到自己了，我找了很久，就是找不到。虎爺，他背叛了我，他和另外一個女人，背叛了我們當初的約定！那個女人說她要回來了！我不會讓她回來！記得，壁虎，這一切，都是虎爺的錯。是他殺了我。」

今晚，我要用最原本的我，爲娜姐表演。我只穿上一件泳褲，沒有掩飾，沒有僞裝，就是我，壁虎。

我在舞台上放置了兩個木椿，用手臂的力量，在上面纏繞身體，做出各種高難度的平衡動作，我的肌肉在燈光照耀下跳動，眼神在觀眾席裡搜尋著師傅。師傅，你看見了，這就是你多年來打造的我，你滿不滿意？

我在最後一個單手倒立動作時，看到了。

壁虎尖叫。

紅色。

母親。

那個在我十歲那年，割開自己的動脈，在獅子柵欄裡死亡的母親。那個愛穿紅衣的母親。那個師傅用盡各種方法要我忘記的母親。那個我忘記長相的母親。

就坐在觀眾席裡。

我從後台衝出帳棚，在草原上狂奔。

那不是鬼，那是眞眞實實的母親，她容顏蒼老了些，但是的確就是母親。

當年被火燒掉的紅衣女子，回來了。

天際澄明，滿月光輝，我的思緒解體，母親，我死去的母親，就在她自己的忌日這天，回到了她當年死亡現場。

「壁虎，我的壁虎。」

紅衣女子也從帳棚奔出，此刻就在我背後。她追了我十幾年，終於追上我了。我逃了十幾年，終於逃不了了。

「壁虎，是我啊！你認不得我了嗎？」

我背對著那個陌生的聲音，眼角餘光瞥見被風揚起的紅裙擺。

「我……我是你媽啊。」

不，妳怎麼可能是我媽？那天晚上，和父親分居已經一段時間的母親，在我睡前說了許多我聽不懂的話。她說，另外一個女人要回來了，約定要被打破了。她說，父親根本比較愛另外一個女人，要是另外一個女人回來，她就什麼都沒了。所以，她必須要做出一件事。她和我說出一個我從未聽過的名字，虎爺。

「你要答應我，不要跟你爸走，離開他，去上學，去做別的事，不要再過馬戲團這種居無定所的生活，也千萬不要跟另外一個女人走，知不知道？壁虎，答應我！」

我完全不知道她在說什麼，但只是認真點頭。她和我淚眼道別，然後擁著我入眠。

我夜半醒來，發現母親不在身邊。我發現床上染血，然後跟著血跡一步步來到了動物柵欄區。我看到，母親身穿紅色長袍和獅子關在柵欄裡，血泊淹沒了她。獅子舔著母親身上不斷流出的鮮血，低嗚似悲泣。

我驚恐地叫醒每一個人，所有人看到母親精心布置的死亡現場，都忍不住尖叫。許多人要把母親從柵欄裡拉出來，但都被兇猛的獅子叱退，這隻獅子和母親平常就很要好，馴獸師要抽出皮鞭才會讓牠聽話，但是只要母親在場，獅子馬上順服。牠是母親精心挑選的死亡守護者，確保不會有人輕易接近拯救她，讓她的死亡計畫可以成眞。

那天晚上，師傅去了外地。他接獲消息趕到時，馴獸師正用麻醉槍射擊獅子，試著把母親從柵欄拉出來。好幾個小時已經過去了，母親的血流到了柵欄外面，所有的人都知道，死神來過又走了，還在母親臉上安排了一個微笑。

然後，所有人發現了母親的遺書。

「壁虎，有好多話，我要跟你說……」

「妳不是我媽！我媽早在我十歲那年，就死了！我親眼看到的！我爸還把她給燒了！」

「壁虎，你看著我，我跟你說……」

師傅的聲音，從草叢冒出來：「妳滾！妳來這裡幹什麼！」他也追趕上來，每個人都在追我，而我只是不斷地逃。

「虎爺！壁虎是我的兒子，我們不能永遠隱瞞他！」

「妳當初自己放棄他的！」

「我一直都很後悔！」

我終於，慢慢轉身看著前方爭吵的兩人。

是的，那是我的母親，臉上裂出幾條風霜皺紋，背駝了一些，髮絲蒼白了許多，但是她的確是我已經遺忘的母親。她還活著。不，她復活了。

「壁虎！我真的是你媽！那天晚上自殺的，是我的雙胞胎妹妹，是你的阿姨！」

遠方，觀眾正在散場，煙火在帳棚上方爆開，春天的雛菊在草原上不斷綻放，幾隻禿鷹在月光下爭食河面上剛被附近居民丟棄的死狗屍體。母親的喪禮之後，父親連夜打包，沒有通知任何人，帶著我離開。我不肯跟他走，哭喊母親，父親只是冷冷地對著我說：「你媽死了，毀了一切。你如果不要跟我走，隨便你，但我保證你以後沒爹沒娘沒人照顧你，我絕對不會回來找你。」

我剛剛失恃，聽到父親又即將離我遠去，母親生前我給她的那些承諾，全部被我拋開。

「我帶你走，有條件。你必須忘了這裡的一切，忘了你媽，忘了我是你爸。跟著我好好學，我知道你跟你媽學過軟骨功，底子打得好。我們去加入別的團，開始新的生活。這邊發生的一切，忘了就是忘了。」

我一直，遵循著和父親的約定。

「有沒有聽到？你什麼都沒有看到！」

這句話，我一直記得很清楚。

我們連夜逃離了那個馬戲團。後來，馬戲團鬧鬼的傳言沸開，不再有觀眾買票前往，藝人求去，帳棚傾倒，動物在柵欄裡被餓死。只有一籠禿鷹被放逐，從此在這個死亡草地盤旋。

但是今天，母親復活，還說那天自殺的，不是我母親。

「虎爺！你逃避了十幾年，今天該是面對的時候了！就在今天，我妹妹的忌日，我們在她死掉的這片草原上，把一切秘密都說出來！」

「都說出來又能怎麼樣？」

「壁虎長大了，應該知道一切！而且我是他媽，這是誰都隱瞞不了的事實！我們都不要再逃了，我好累好累好累了。」

我完全不懂。我打斷兩人：「你們到底在說些什麼？妳到底是誰？」

「故事要從頭說起。我和你媽是一對在馬戲團長大的雙胞胎……」

「啊啊啊……我不要聽！」師傅拋下我們，往帳棚狂奔。在這個關鍵時刻，他還是逃。

「讓他去吧，他自己終究要面對一切的。」她面對著我，深吸一口氣，一刀割開傷疤：「我要說了，這麼多年以後，我終於要說了。我和妹妹是被馬戲團收留的雙胞胎孤兒，我們兩個人的雙胞胎軟骨功表演非常非常地受歡迎。有一天一個男孩加入了我們，他叫做虎爺。我們每天都跟他一起練習，節目正式推出之後也很轟動，一直都是馬戲團的招牌表演。後來，我發現我愛上了他，卻也同時發現，他和我在一起的時候，也跟我妹妹在一起。我們兩姊妹知道以後，非常恨彼此，認爲是對方把虎爺給搶走。我們跟虎爺攤牌，要他在我們之中選一個，但他說他兩個都要，爲了不失去虎爺，結果我們就開始了一段荒唐的三人關係。有一天我醒來，看著身旁熟睡的虎爺跟妹妹，覺得一切實在是太荒謬，就偷偷離開了。以我當時的名氣，有許多馬戲團爭著要我，我最後決定加入一個美國的馬戲團，準備跟著世界巡迴。就當我準備搭飛機離開的時候，我才發現我懷孕了。我懷了你。但是我沒辦法要你！因爲如果我生下你，我就不能離開了。結果，我妹妹跟我說，孩子不要拿掉，生下來給她養，然後我可以離開，條件是永遠都不要回來。結果我生下了你當天，妹妹在混亂當中就把你給抱走，完全不讓我多看你一眼！我只記得，你背上有個壁虎胎記……我接著就去加入了那個馬戲團，跟著世界各地到處巡演，但是我一直不斷想到你，想到那個剛生出來大哭的小嬰兒，還有那個壁虎形狀的胎記……很多年以後，我回到了台灣，去找了你爸跟我妹，想見你一面，結果你爸看到我馬上說隨時歡迎我回去，我妹妹卻瘋狂反對，連讓我見你一面都不肯，我一氣之下決定回『百香果大草原』來，準備和我妹妹爭奪你，你爸就在那天晚上開車去接我，就在那天晚上，我妹妹自殺了。」

所以，自殺的，是我的阿姨。

「我一個人在旅館等了很久都等不到虎爺，以為是我妹想盡辦法不讓他出門，所以自己搭了車就回來了這片草原，結果，馬戲團的人跟我說，我妹妹幾天前自殺了，屍體就在草原上燒了，而且虎爺一大早趁著大家不注意，帶著你消失了。我完全沒想到，自己的親生妹妹會用這麼激烈的手段對付我和你爸，而且她成功了，我連見到你一面都沒有，虎爺在馬戲團把他開除之前，跟你消失得無影無蹤。我一個人留下來整理我妹妹的遺物，在她的抽屜裡找到寫給我的信，信裡面寫：姊姊，破壞約定的是妳，妳要承擔後果。的確，我破壞了約定，也因此失去了妹妹和你。」

原來，我是那個約定的談判籌碼。

我站不住，在草原上坐下來。

「那這些年來，妳都沒試著找過我？」

「我承認，我一開始根本無法面對自己，更何況是面對你。我要怎麼跟你說，在你面前自殺的，其實只是跟我長得一模一樣的阿姨？我輾轉打聽到你們加入了另外一個馬戲團，我就把那個大木桶，用我妹妹和我最喜歡的一塊紅布包起來，寄給你們。」

「原來那是妳寄的……」

「我一直到你十六歲生日那天，我才又去找你們。那時候，你們在一個海邊，正在搭帳棚。我鼓起勇氣去你爸的拖車找你們，我才知道你們已經不是父子關係了，他還逼你一定要叫他師傅。他根本沒有辦法看我的臉，看到我就想到我自殺的妹妹，他請求我不要打擾你們平靜的生活，我看著你在舞台上表演的照片，我也只能哭。你爸把我給趕走，我一個人走在深夜的海灘上，發現我也沒勇氣見你……」

「那妳今天怎麼突然有勇氣見我？」

「我還是沒有！所以我只能躲在觀眾席裡，直到我知道你看到了我！」

前面這個女人，用滔滔話語扭開長苔生鏽的水龍頭，以腐爛朽毀的秘密敗水向我噴濺，爛泥臭土在我身上快速寄生，原來埋藏幾十年的秘密有味道，潰癰惡膿，一個淤積嘔吐物的狹小甬道，我在其中爬行。

我癱軟在地，覺得全身的骨頭都消失了。我無法直立行走，緊貼著草原，傾聽大地微微震動。

「壁虎，我知道你不可能一下就肯接受我。但我要告訴你，我現在就住在你小時候住的那棟白色的房子，我會在那裡，等你來。」

春色變調。

連續好幾個禮拜，沒有一滴雨降下。毒辣太陽吸乾草原上的水分，春草乾黃，河川枯竭，讓不斷堆積的百香果屍體在陽光底下招來各地蚊蠅，附近居民也不斷把垃圾往河裡傾倒，河流已死。

整個草原枯乾，但呑火娜娜的墳墓卻綠草旺盛，各種奇花怪草生機勃勃。我站在她的墳前，告訴她我的決定。

我決定，要和塔提亞娜離開。

我一直沒有去那棟白色房子找那位紅衣女子。

秘密揭開以後，我每日照常生活，照常上台表演，彷彿一切都沒發生過。

只是，我知道我必須離開了。我和塔提亞娜決定，表演完這一季，我們就和爺爺離開。去哪裡還沒定案，也許只是休息一下，也許世界繞一圈，還是會回來「達芬奇馬戲團」。

小丑老闆沒有多加慰留，他也覺得我該多看看外面的世界，有塔提亞娜陪著，他也完全放心。他馬上開始徵求新的表演藝人，每天都有許多不同專長的藝人前來試演，最近的票房收入大好，也讓小丑老闆想要擴大馬戲團的規模，多找幾組表演藝人。

而我知道，我將必須和兩個人辭行。

我的父親。我的母親。

我在城鎮上的繁華街道，找到了那棟白色建築，當年新漆的亮白如今已經灰黃。門敞開，我走入，裡頭擺設了許多異國珍品，有泰國的木頭大象雕刻、非洲的面具、美國印地安的織布、埃及的香水、俄羅斯的娃娃，都是母親巡演各國的紀念品。通往後院的門也是開的，我記得，那裡有個小花園。

「我在花園裡，壁虎。」母親的聲音穿過天花板上垂掛的攪染紗，清霧一般環繞我。彷彿，她早就知道我今天會來。

我踏進小花園，她正在竹席上做瑜珈，清風徐徐，陽光在她身上的白色服裝溫柔落下。

「我等你好久了，壁虎。」

「我是來……」語言魚刺卡在喉間，完成不了一句道別。應該要讓塔提亞娜陪我來的。只是，我覺得應該自己面對。

「我知道，小丑老闆都跟我說了。最近他常來找我聊天，我還幫他介紹泰國的變性醫生，也許他有空就會去動手術。」

「你知道小丑老闆是……」

「當然知道啊！我看到他第一眼就知道了。其實你很幸福，有他這麼一個好老闆，這樣讓我覺得比較不內疚一點，畢竟你在馬戲團裡有人好好照顧你，交到了好朋友，也有了女朋友。他最近正在試著說服我加入『達芬奇』，我還在考慮。」她收起竹席，穿上印度皮涼鞋說：「什麼時候動身？」

「明天晚上最後一場表演，隔天就動身。有一個歐洲的馬戲團在招考團員，我們會去試試看。」

「壁虎，謝謝你來跟我道別。我什麼都給不了你，只有這個。」她拿出一個深棕色皮革行李箱說：「這個行李箱，陪我走過好多好多國家，堅固耐用，我花掉我在巴黎表演的一個月薪水買的。我在上面繡了一個壁虎圖樣，讓你縱橫四海，志向八方。」

我收下行李箱，聞著皮革散發出的異國氣味，某種陌生的香氣。這次，換我離開了。

「除了這個之外，我什麼都給不了你。但是我可以跟你說，我會一直在這裡，只要你需要，你，任何時候，都可以在這裡找到，你的媽媽。」

我帶著鞭子，去和師傅道別。

他窩在髒亂的拖車裡，酒瓶四散。他拿著畫筆坐在大木桶前，把褪色嚴重的旋轉木馬重新上色。紅衣女子被抹去的臉回來了，只是我不知道那是我小時候母親的臉，還是現在這個母親的臉。只知道師傅畫上的紅衣女子臉龐青春，眼神憂鬱，淚水斑斑。

「師傅，我來跟你說，我要離開了。」

他專注爲木桶上的木馬上色，不爲所動。

「明天晚上的表演之後，我就要跟塔提亞娜走了。我們會去參加一個歐洲馬戲團的招考，我想，小丑老闆也一定跟你說了。只是我還是要親自來跟你說一聲。」

他突然把手中的調色盤砸在地上，吼叫出憤怒：「走，哼，你以爲走這麼容易啊？想要拋棄我，沒那麼容易！」

「我沒有要拋棄你，我只是……」

「雙胞胎，一個自殺，一個走人，現在輪到你，我不會讓你們這一群人這樣對我！」

我跪下來，三個額頭貼地叩首：「師傅的扶養之恩，我永遠都不會忘。」

他一腳踹過來，在我胸口留下清晰的腳印。

「別叫我師傅！我不是你師傅！」

你本來就不是，你是我爸爸。

但是，這一句話，我沒說出口。

語言，在此時完全失效了。聲帶振動出來的字句，只會帶來更多的傷害。我拿出鞭子，交給師傅。我知道他這麼多年以來努力掩蓋的眞相被揭穿了，他努力維持的假象崩壞了，我也因此要離開了。他選擇了逃避，但其實卻把自己鎖進更深的牢籠。

我如今要走，並非逃避，而是需要飛翔，也找不到理由繼續待在這片充滿痛苦回憶的草原。

他接過皮鞭，身體顫抖。從小到大，我一有達不到他的訓練標準，我的皮肉便會乖乖地等著鞭子。

「這是你最後一次，可以打我。」

他使出全身的力氣，把皮鞭在空中甩幾下之後，落在我的背上。

我一如往常，不喊痛。而我的確眞的也不痛了，因爲背上羽翼已豐，隨時都準備飛翔，他的鞭子再也無法傷害我了。

他把鞭子丟還給我，拿起畫筆繼續在木桶上作畫。我才發現，木桶上某一隻木馬上多了一個小男孩。

「我不會放過你的。」

這是我第一次，爲一個未知的旅程打包。十歲和父親倉促逃離時，什麼都沒帶，只帶著身體裡埋藏的秘密。這次我有一個專屬於我的行李箱，我完全不知道該怎麼打包。最後我只帶了乾淨的內褲、兩套吞火娜娜幫我設計的戲服、平日的衣服、簡單的彩妝、還有每一本吞火娜娜送給我的筆記本。關於母親的，就是紅布碎片，和這個行李箱；關於父親的，就是一把他從小到大用來剃除我毛髮的剃刀。

我和塔提亞娜躺在枯黃赤地上，感覺夏天就在不遠處。塔提亞娜手指不停撥弄我的壁虎胎記，像是對寵物般愛戀撫摸。

「今天晚上就是最後一場在『達芬奇』的表演了。等我們一走，你就可以把所有的一切不愉快的過去，統統給拋棄。」塔提亞娜的聲音聽起來玉石鏗鏘，像個實在飽滿的承諾。

爺爺把高跟鞋車子重新漆上紅色，並且多加了一張座椅，明天，我們三個就要坐上這台高跟鞋，遠颺。草原上來了許多小孩，在風裡放開手裡的風箏，紅的黃的綠的風箏快速乘風上升，我們邊舔著百香果冰棒，邊等著這最後一個春日流逝。

那一刻，我眞眞實實感覺到飽滿幸福，在我周圍流動。

當晚我擔任開場表演，不用浸泡「失骨」，我的身體自然完全放鬆，在各個高難度的動作間行雲流水。我聽不到掌聲，因爲我把聽覺投射到遠方，那個我和塔提亞娜即將到達的遠方。我傾聽著，尋找遠方初雪降落北國的聲音，尋找異國教堂鐘聲貫耳，尋找一個未知，尋找新生。我知道黑暗中有幾千雙手拍擊著，但是我聽不到那些掌心炸開的震動。我只知道，母親就在那掌聲裡。我看到她，春天穿在身上，多年傷疤割開之後，她眼神清明，身體若有光，熠火不息，我們隔著人群對望，母者的破碎形象如熾熱水銀流動聚合，開始有了完整的初初印象。

母親。

直到。

直到那一刻。

那一個再度把一切導向破碎的時刻。

多年以後，我會用最自責的鞭打私刑，怪罪我背上的壁虎。

壁虎沒有鳴叫預知。

或者是，我低估了這片草原。

草原追了我十幾年，怎麼可能輕易放過我？

斷裂的那一刻。

塔提亞娜腳下的鋼索斷裂的時候，我聽到了遠方。

遠方，有琴弦斷裂，橋墩崩毀，一顆石頭撞開玻璃窗，蜻蜓被小孩網住之後翅膀被暴力折掉，利刃切開頸部動脈，海底斷層撕裂。

原本願意收留我的遠方，在那一刻以各種斷裂的聲音回傳，毫不糾結遲疑的徹底撕毀，拒絕了我離開的要求。

塔提亞娜身上的安全鋼索，沒有在斷裂的那一刻，緊緊抓住她。

師傅。

你果然沒放過我。

掌聲走了。紅色高跟鞋走了。

只有我留下。

我背上的羽翼開始掉羽毛，蒲公英般飄散。

當一切以條紋縱橫雜訊慢速度發生時，我的四周在人群尖叫、救護車尖叫、帳棚尖叫、河流尖叫、百香果尖叫、草原尖叫當中熱烘烘上演一齣鬧劇。我也參與了尖叫。不過不是我尖叫。而是壁虎尖叫。

像是有人朝我背上斧了一刀，不注射任何麻醉藥的暴力手術，硬是扯下血淋淋的寄生物，然後任我快速被血包圍。

被取下來的寄生物，就匍匐在我前面，面目猙獰。我覺得輕盈，還有失落，像是背上的腫瘤拔除。

我抬起頭，對著面前四肢爬行的寄生物說：「原來你就是我背上的壁虎……壁虎你好，這是我第一次，不用透過鏡子和你對望，原來，你長這個樣子。」

吱吱吱。該是，殺掉他的時候了吧？

第四章 壁虎

壁虎，或者守宮，或者爬山虎，或者蝘蜓。你要怎麼叫我，就怎麼叫我。吱吱吱。

我夜行。我眼睛有膜，從不眨眼。我爬行。我在你身上爬行，已經廿一年了。

我再也站不起來了。

鯨魚的肚子，蜘蛛的密網，凹陷的舞台，失足的光。

塔提亞娜總愛回憶某一段旅程。她和爺爺從澳洲東岸莫頓島登上一艘新上白漆的船，船長肥肚熊身白色落腮鬍，完全就是童話故事裡的船長化身。船長的家人在甲板上烤肉，似乎不用炭火，白熾陽光就在鴕鳥生肉上茲茲響。她坐在甲板上，閉眼享受海浪的起伏，胃裡隨之翻騰。她可以感受到，這波動的海面下，有巨大哺乳生物潛行。左舷方向有三，右舷方向有二。在白鬍船長的驚呼中，一隻比船身還巨大的座頭鯨在右舷浮出海面，發出求偶的聲響，然後巨大的身體打向海面，濺出幾公尺高浪。她第一次以這樣的近距離看到，鯨魚的肚子，在陽光下晶亮閃爍，她必須用盡全身上下肌肉的最大耐力，才能擋住自己身體往海裡跳的衝動。她想要像那些鯨魚身上寄生的貝類，依附在鯨魚巍巍肚子上，跟著在這個溫暖的海域嬉戲、交配、求偶，以小魚、磷蝦、浮游生物裹腹。

每次塔提亞娜提到這段旅程，眼睛就是兩泓深海，馴服這些陸地猛獸對她來說是一種表演，但是潛入深藍裡去和鯨魚對話，才是她最深的渴望。她要我答應，會和她一起再度去澳洲拜訪鯨魚，看著她潛入深海，然後在岸邊生火，等她回來。

撤去蜘蛛密網，也是塔提亞娜自己的意見。她身上綁有安全鋼絲，若真的不慎從鋼索掉落，鋼絲會牢牢抓住她。沒有安全網，視覺上驚險萬分，讓觀眾更替表演者緊張。

鋼索斷裂的那一刻，小丑師傅和塔提亞娜都站在鋼索上。小丑老闆身上的鋼絲拉住了他，把他懸在半空中，如鐘擺飄盪。塔提亞娜的鋼絲在她身體加速往舞台掉落時，斷裂。新打造的木舞台在猛烈的衝擊下，陷落。塔提亞娜穿的高跟鞋飛出去，撞碎了一個聚光燈。高跟鞋就卡在燈具裡，不再發亮的聚光燈，只剩高跟鞋上的螢光碎鑽裝飾在黑暗中發光。

我再也站不起來了。

我只能爬行。

跂跂脈脈善緣壁，是非守宮即蜥蜴。

你住嘴！

我們壁虎本來就不會站立，我們都爬行，因爲我們是爬蟲類嘛！我們的腳趾上長著幾百萬乾燥卻黏膩的腳毛，每根腳毛還分岔成近千的小毛，細微的毛產生分子結構間微量靜電，就是所謂的「範德瓦力」（van der Waals Forces），讓我們可以在最平滑的玻璃面上垂直爬行，也能在天花板上來去自如，地心引力根本不是問題啦。

在那棟白色的房子裡，夜晚降臨時，象牙白的壁虎爬總會滿窗戶和天花板，啾啾鳴叫，獵食蚊蚋。牠們喜歡停在紗窗上，等待獵物上門。我總是隔著紗窗注視著牠們的雪白肚子，然後輕輕對他們呼氣，驅散牠們的打獵陣容。有一次，我吃著母親熬煮的稀飯，注視著母親在電話上和父親對話，思念的不捨話語。突然一隻壁虎失足從天花板掉落，就掉在我的頭髮裡。壁虎在我的茂盛髮裡匍匐兩步就停滯，我的吃稀飯動作也定格，我們都怕，都不敢動。母親發現我頭上的壁虎，對著電話上的父親笑說：「一隻笨笨的壁虎，從天花板上掉下來，摔到壁虎的頭髮裡面去啦！哈哈哈！」

母親溫柔地把我頭上的壁虎抓住，然後拿了紅色顏料在牠身上畫上一筆，笑著說：「這樣，我們以後就可以認出牠，要是牠又不小心掉下來，我們就可以趕快接住牠，這樣牠才不會受傷！」

往後，我每次看到那隻背上一撇紅的壁虎在天花板、鏡子、樓梯間爬行時，我就會守候在牠正下方，擔心牠會再度失足。

這次，你卻沒有接到塔提亞娜。

某一天，我再也找不到那隻壁虎了。我尋遍屋子的每個角落，在夜晚守候著，等著牠通過天花板，輕輕鳴叫。

我找不到牠。我找不到塔提亞娜。

我懷念她，溫柔手指在我皮膚上撥弄的感覺。那天晚上，架鋼索的是誰啊？

這次不需要你，壁虎。我自己就可以預知，「達芬奇馬戲團」的沒落。棲息在河面上的摩天輪的禿鷹，在塔提亞娜離開之後，集體振翅朝北疾飛。遮天蓋地的蝗蟲突然出現，在整個城鎮周圍掠食各種農作物，把原本枯黃的百香果大草原吃得寸草不剩，連人魚娜娜墳上的奇花怪草也無一倖免。幾天以後蝗蟲遷徙，留下光禿草原。

我們把塔提亞娜葬在人魚娜娜旁邊。我的第三場喪禮。

幾百隻白色小粉蝶在塔提亞娜墳上飛舞，不肯離去。粉蝶壽命短，紛紛葬身在墳墓四周，如殘破的白色花瓣四散。爺爺因爲負荷不了悲傷，跳上了紅色高跟鞋一去不返。我猜想，他回到了遙遠的北國，用手風琴對家鄉訴著沉痛的悲傷。每個人都離去了，只剩下我。我無法站立，背脊被壓垮，匍匐攀爬，在墳前陪伴著我的女孩。

我在墳墓前眠去，身體機能停滯，像一隻酷暑中的壁虎，暫停活動，以睡眠抵抗荒涼傾頽的夏日，在夢境裡迴旋，等待溫暖的雨季來臨。我融入草原，變成荒蕪的一部分，不想不願不肯醒來。

夏眠。

住嘴！否則我。

壁虎！壁虎！壁虎！

一切以最不祥的姿態，宣告馬戲團的末日。死亡陰影盤旋在枯黃赤地上，觀眾散盡，團員脫逃。帳棚帆布在烈日燒烤下變得輕脆，幾個不斷縫補的破裂處終於被高溫抓開，一陣焚風魔爪帶走一片片帆布，小丑老闆一個人站在只剩骨架的帳棚裡，看盡炎涼，身上的小丑裝扮堅持不脫下，在最破敗潦倒的時刻，他還是要專業地笑臉以對。這是他的工作，以人工近似塑膠質感的呵呵笑聲，響遍死神踐踏過的苦地，希望，不，奢望贏得掌聲三三兩兩，和他一起笑破這折磨人的塵土滾滾。

壁虎！壁虎！壁虎！

我憤怒。師傅，你的確沒放過我。你和死亡的陰影共舞多年，終究知道死亡是最好的策略。讓我的女孩死亡，也等於讓我死亡。我一死亡，那個不再聽命於你的壁虎，也會跟著死亡。那個十歲懵懂的少年，被死亡追著跑的少年，會穿過時光來取代我。我會退化，萎縮，直到我變成你要的，態度。

我也終於知道，當年他爲何不肯當我父親，而變成我的師傅。因爲我的兒子身分不斷提醒了他母親的自殺，我若只是他的徒弟，就只是一個沒親沒故的訓練對象。所以他也忌諱看到我的胎記。母親發給每個人的遺書上，就畫著一個爬行的壁虎。我記得他讀那份公開遺書的表情：荒涼，灼熱，蔓延成沙漠。

就如同我現在，再也不想看到父親一樣。

他殺了我的女孩。

吱吱吱。壁虎在夜裡發出的聲音，在空蕩的屋子裡，就像是小嬰兒哭泣。

住嘴！否則我。

殺了你。

一隻野獸，在我的五臟六腑間隱隱成形。

我必須，找到父親。我的憤怒無處洩洪，指關節發動著引擎聲，困獸在絕境之中培養殺氣，河馬牙齒碩大尖銳，不咬到獵物不見血不到肉不甘心。父親在塔提亞娜墜落的那天晚上，開著拖車走了。我其實不想見他，否則用鋼索勒他命令大象踐踏他叫獅子咬他然後把他丟棄在乾枯的河裡讓飢餓的禿鷹當作天降的美味晚餐的各種報復謀殺計畫就很可能即刻被執行。

一個動物園以極低的價錢，買走了無人餵養的動物們。小丑老闆手拿著賣動物的支票，來到了塔提亞娜和人魚娜娜的墳前，晃悠如鬼。

「眞的是，末日囉！本來想說可以擴充馬戲團規模，現在連個帳棚都沒啦，眞是計畫趕不上變化啊！」

壁虎。你怎麼都不理我？

小丑老闆看我消沉，用了馬戲團存的最後一桶水，潑在我身上。

「去找你那個毀了一切的師傅，不用留在這裡。這裡我會好好照顧，你放心。」

這桶水澆在我身上，滋潤兩個乾燥墳墓。一夜之後，各色玫瑰從土裡冒出綻放，引來許久不見的粉蝶。我用手指握住每朵玫瑰花莖，讓莖上的刺扎進手心，確定自己還有知覺。

是該結束夏眠的時候了。

是該離開的時候了。

我動身，拿起了早就打包好的行李箱，和我的娜姐、我的女孩道別。

我在路上。第一次回頭望，烏雲密布的天空降下了久旱甘霖。我第二次回頭望，小丑老闆一臉素淨，在雨中不斷向我揮手道別：「壁虎！壁虎！壁虎！」但是我沒回答，只是繼續往前走。第三次我回頭望，什麼都沒看到，因為眼淚形成厚膜眼翳，完全遮蔽視線。

要走也選個好天氣走，你知不知道用爬的跟著你有多辛苦？

我要殺了你。

殺誰？

殺你。我的師傅，我的父親。

我知道哪裡可以找到你。我走過破敗的城市陰暗邊緣角落，不用地圖不用問路，跟著女人聚集的濃烈味道往前走就可。我來到一條掛滿紅燈籠的街道，街邊站滿了各種女人，裙擺裡的霉菌吵鬧地發霉，藍色睫毛上住著風霜雨露，口紅和青春不斷快速乾裂崩解，擦掉一條口紅就是見底的青春，女人的臉在這條街上只是招牌，不斷向我招搖，來嘛！來嘛！

不斷有男人在這些女人的青春裡進出，他們在這條街上留下各種腥臭的體液，夏日高溫助長體液的過期，讓這裡像是專賣腐魚的港口。

我尋找某一條特別的腐魚。

他。

我停在一家騎樓懸掛桃紅布幔的女人窩前，確定聞到了父親的味道。我撥開不斷抓取我的女人臂膀，在裡頭看到了父親。裡頭，堆滿了許多女人。

我身體裡的野獸在旅途當中被我餵養壯大，準備好了，準備好了，準備好了。

爲了遺忘，我必須獵殺。

我在桃紅燈色流洩裡，攀爬過女人柔軟的身體堆疊，老女人未成年女人年輕女人有男性器官的女人。終於看到我的獵物的時候，我身上的衣服都已經被女人脫光，一絲不掛，下體勃發，胸前背後屁股腳掌都長出了茂盛毛髮，毛髮豎立挺挺，野獸就要撕裂我的皮膚，撲向前方的獵物。我腳旁女人們伸出舌頭，從我的腳掌開始往上舔，我的汗水淫淫滴落，我再也不要當壁虎，我是獵人。

父親，抽著捲菸，躺在兩個肥碩的女人懷裡。他眼神朦朧，穿著浴衣，眼窩峽谷陷落。他看到了我。卻幾乎，認不出我。我又長高了幾公分，頭髮及肩散亂，眼神兩把刀。他露出極度內疚的表情，隔著女人對我說：「我只是故意沒把她身上的鋼絲綁好，鋼索會斷，真的不是我幹的……」

他多了許多皺紋，肚子油肥，嘴唇中毒似的胖厚。我四歲那年，在街道上身上蟒蛇纏繞的虎爺，現在只是個，不是我的師傅，不是我的父親，只是個，糟老頭。糟老頭不敢面對前面這個持弓獵人，頭往女人的大胸脯埋。女人浪笑媚行，堆成人體漩渦。我把女人窩裡日光燈上的桃紅色玻璃紙暴力拔除，白花的燈光射穿了女人臉上劣質成塊的化妝品，還有大腿上每一秒每一秒不斷擴張的橘皮組織。父親在燈光照射下，顫動肥厚嘴唇說：「壁虎，不要走……」

「不要叫我壁虎，我再也不是壁虎了。」

女人不肯把臉面對日光燈照射，紛紛往角落竄躲。我推父親一把，送他進入角落裡的女人身體漩渦，然後看著他的身體淹沒在女人大腿屁股裡。「壁虎！壁虎！壁虎！」

的呼喚被埋進女人身體裡。

「不管你到哪裡，我都會找到你……」

你找不到我的。你已經不再是我的父親。

我拿起我的行李箱，看著身旁的壁虎。

你不殺他了啊？

我不用殺他，對我來說，他已經死了。

我要殺你。

我要變形。爲了變形，我不能繼續當壁虎。我是什麼？我會變成什麼？我此刻不知道，但是，我知道我必須殺了你。

我從行李箱裡拿出小丑老闆送給我的餞別禮物：高帽子。我手伸進高帽子裡胡亂攪拌，然後抓出一把烏黑手槍。我把槍口瞄準了自己的太陽穴，氣定身穩，手指扣下扳機。

碰。

不。

這只有一顆子彈的槍，並沒有擊發。

但是身旁和我對話的壁虎，已經消失不見了。牠死了。我死了。
我再也不是壁虎了。

屁股態度。

在那隻壁虎身上，我聞到一個早已潰爛的傷口，傷口裡埋藏著秘密，不准開啟。

而我，卻一直往秘密裡走去。

第一章 哥哥

我聞不到自己的味道。這裡是。時間以落葉爲刻度。我不知道。我死了。或者根本賴活著。純白色的馬戲帳棚。全然陌生的語言。陌生語言以子音母音快速串連起的疑問回答敘事。過去現在未來在語言裡緩慢或者快速。或者停。滯。在停滯裡我原地奔跑。這裡是哪。十六小時的飛行之後。從一個島嶼出發。到這個島。一個深棕色皮革行李箱。島國在身後幾千里。島嶼上的小山丘。心裡長個瘤。這裡到底是哪裡。行李散發出令人安定卻遙遠無法尋得的聲響。每走一步皮箱裡的物件就互相撞擊。心裡的瘤日夜吵鬧發霉。我聽不到自己的聲音。我聞不到自己的味道。行李喀啦喀啦喀啦。我記得逃脫。不記得自己。

我忘了自己的名字。

多年以後，當我的叛逃失敗，變形失敗，追尋失敗，那個殘破的父親形象以最清晰的完整在我面前復活的時候，我會想起這一刻。此時，我成功地擺脫了所有來自過去的泄殞，我沒有母親，沒有父親，記憶裡沒有人魚，沒有女孩，沒有馬戲團。

幾個身穿橙色黃色螢光工作服的工人正在鋪路，柏油瀝青在空氣中吐著熱白煙。幾台巨型機械轟隆碾過，一條嶄新平坦的道路在純白色的馬戲帳棚前開展。十月剛撕掉九月，天空作勢威脅要變臉，卻依然挽留椏杈上舒展了一整個夏天的綠葉，天空澄藍，沒有一朵浮雲飄浮，暖陽在柏油上照出鑽石晶瑩。突然，幾輛大型塗有彩虹圖樣的貨櫃車加速上坡，衝破工人剛架設好的封鎖線，碾過這條剛鋪好的路，割開工人清早未開的粗啞聲帶，咒罵亂箭帶血噴濺，巨型車輪捲起柏油砂粒，留下深淺的車輪。剛新生的路途不再平坦，無預警的暴力是最好的摧毀。

這是我進馬戲團的第一天。

很多年以前，我也經歷過這樣的第一次。但十六小時的轉機之後，台北，曼谷，蘇黎世，然後這裡，這裡是。

我忘了我是誰了。

參加這個歐洲馬戲團招考的那一天，我忘了微笑。我的女孩跟我說過，要記得在臉上掛一個神秘難測的微笑，好奇引領人睜開眼往下走，如此吸引遠近目光，直到確定他們都在看我，這是一個成功表演者的開始。但是那一天，我哭著。我感覺身上的骨頭一夜生鏽腐朽，臭水取代紅滾血液，塊狀黑黴在皮下擴散，長出一塊瘤。我不再是那個柔軟的男孩，而是廢墟一座。所以我表演廢墟，我表演解體。

我的四肢是急速枯萎的花瓣，柔軟卻腐敗，我折疊伸展，鼻尖繞過跨下窺看背部，淚眼稠糊，看不到壁虎胎記。果然，壁虎被我殺了，被我那超重龐大的過去給殺了。招考官是三個長得一模一樣的歐洲男人，身著同款的彩虹貼身天鵝絨西裝，一樣的白瓷冷峻面孔，高鼻寬額薄唇，唯一的不同是髮色，殷紅、靛藍、奼紫，各自坐在三個小型木馬上不斷搖晃身軀。他們播放音樂，要我隨之即興表演，一首電子快速迷幻，卻是從古銅色的老舊留聲機傳出，現代音符沾染留聲機的年歲，不斷分岔走失。我隨之緩慢起舞，身體不是我的，只是一個被音樂催眠的軀殼，在三隻搖晃的木馬前緩緩獨舞。

當時，我還聞得到自己的味道。

我用鼻子跳舞，把鼻子伸向身體的每一處死角，聞到腳指甲縫殘有百香果大草原的枯草味，聞到背上脊椎有遙遠的女孩指尖味，聞到膝蓋後方關節生鏽味，我在地上以身體抵抗分岔的音樂，眼淚滴落地板，讓我在不斷被眼淚滑倒的瞬間找到身體的平衡點，直到留聲機放棄呼喊，面前的三胞胎兄弟圍繞著我，我正以右手虎口支撐全身廢墟瓦解的力量。

靛藍說了一句我聽不懂的話。殷紅與奼紫露齒微笑點頭，我才發現三個人的門牙都鑲了金屬牙，各自與髮色相稱。

翻譯人員把三個顏色的話語翻譯成我可以理解的話語：「太好了，你有破壞音樂的能力。我知道誰適合和他做搭檔。你是說那個法國人？對對對，他們兩個都很悲傷，很適合我們的風格。對對對，把他們兩個組合起來一定很有趣！我也這麼覺得，今天看了那麼多的試演，就只有他不要盤子或者刀槍。而且他長得好看，表演市場價值很高。最重的是，皮耶會說中文，跟他溝通沒問題。他跟那個中國女子離婚了吧？我聽說好像還在一起哩。沒啦，你不記得我們在印度的時候，那場很多人受傷的婚禮喔？他們根本沒結成婚。唉喲，這個翻譯沒有每一句都翻譯吧？」三種顏色，一個相似的語調，混在一起像是發酵的麵糰，快速膨脹成畸形的彩色麵包。

「要不要，跟我們一起走？我們的目的地：拉摩島，位於德國北海，是歐洲的免稅度假小島，我們『彩虹馬戲團』在那裡搭了一個大帳棚，和當地觀光業結合，要在冬天推出馬戲表演。怎麼樣？有沒有興趣啊？」

終於，有個出口，我可以離開了。

我放開撐開的虎口，整個人陷進地板。我依然沒有停止哭泣。

我點頭，身體忽然輕盈。我答應，我必須，跟你們走。這裡沒有我留下的理由，遠方有。遠方有。遠方，有未知。我其實根本走不下去了，但是我必須走下去。

我的味道，在那十六小時的飛行當中遠遁。我可以聞到三胞胎兄弟天鵝絨西裝上的香水味，還可以撥開眾多香味混雜的森林，察覺他們身上至少有十幾種不同的香水揮發，木質、花香、豐草、純水，各自佔據袖扣、領帶、褲管、與兩頰的鬢角。三個人在機場宛如神像繞境，觀者無不自動讓開，近乎虔誠地凝視前方這三個高大的不明物體，竊竊私語聚集如鞭炮，不斷在各個角落炸開迎接他們。三胞胎兄弟只是不斷往前，不曾回顧，我只是緊緊追趕。當時，我不知道這一趟路途有多遙遠，路上會遇到哪些人，只是在這三個巨人環繞之下，我搭上了飛機，往未知奔去。在曼谷轉機時，三胞胎兄弟的父親帶著一個穿溜冰鞋的泰國少女加入我們的旅程。三胞胎父親身高不到一百五十公分，他身手矯健地攀爬上三個兒子，宛如樹林裡的靈猴。泰國溜冰鞋少女瘦長如竹，骨頭撐開黑亮的皮膚，幾乎不見肉。我聞到少女身上檸檬草香茅的濃郁，嘴角留有榴連果渣。她坐在我身旁，單薄的身體像是昆蟲隱身在樹叢中，只有當我聞到香茅、還有沾有榴連果實的溜冰鞋輪，我才確定她一路上都安靜地在我身邊，一語不發。我知道，她和我一樣對於即將到達的那個島嶼感到未知的恐懼。十幾個小時之後，我們在蘇黎世轉最後一班飛機，三胞胎兄弟的母親帶著一個全身掛滿金屬環的男子和我們會合。三胞胎兄弟的母親比三個兒子還要高，直逼兩公尺，她一身澎湃的古銅色肌肉在貼身的衣著下起伏，抱起老公與兒子，像是舉重表演。她身旁的男子身上每一吋肌膚都穿刺著金屬環，在經過機場金屬探測器的時候引來機器拉嗓尖叫，他在機場人員的重重包圍之下面露自在，然後在眾目睽睽之下，把身上的衣物全部脫掉，一身精光向眾人展現全身上下幾百個穿刺金屬環，在金屬探測器來回走，結果引來更多驚恐尖叫，泰國溜冰少女見狀也跟著尖叫，黝黑的臉色被羞赧染紅，她從手提袋拿出一包榴連果乾，邊吃邊注視著金屬環男子。他壯碩如熊，茂盛的毛髮與穿刺皮膚的金屬環覆蓋全身，一嘴銀牙不斷咧嘴作勢咬人，三胞胎的母親只是在一旁哈哈大笑，一臉滿意的表情。我聞到，他右耳上那些純金的耳環，有許多女人親吻道別的味道，濃烈著依依不捨。

最後，我們的班機降落在這個島嶼。飛機降落前，這個富庶的度假島嶼以濃烈近乎慷慨的藍色迎接我：每一棟房子屋頂都鋪上了藍色矽孔雀石和藍晶石，在陽光下反射燦爛藍光，所有的房子像是在某一天約好了，全都穿上藍色油漆，一個藍色沙灘綿延海岸，海浪沖刷人造的藍色晶亮沙子，彷彿愛戀追逐的溫柔拍打。城鎮街道井然，豪華賭場林立，港口有好幾艘豪華遊艇正準備靠岸，出海的帆船星點海面，大型購物中心鱗次。往島的北方遠眺，一個龐大的白色帳棚座落在島嶼的山丘上，正等著我們到來。

我分配到的拖車有新鮮白油漆的刺鼻。裡頭一床一桌一椅一櫃，電話冰箱廚具都具備，全都是白色的，外頭的晨霧飄進拖車，這拖車宛如大型冰箱，裡頭冷藏著我的不安，我輕聲對自己說，這裡，就是我的新家。

我才發現，我聞不到自己的味道。如同這十六個小時的旅程當中每個人問我的名字的時候，我完全答不出來一樣。我忘了我的名字，我失去了我的味道。

清晨，我站在馬戲團前看著修路工人鋪柏油，察覺到不遠處傳來騷動。突然晨霧逃亡般地全部撤離，我聞到濕潤的空氣突然冰凍乾燥，鼻腔裡的毛髮枯乾掉落，嘴唇上的紋路結痂擠出血絲，四周的樹被針扎般痛苦戰慄，就是那幾秒眨眼閉眼轉身回頭的時間，秋天從這個島嶼的邊緣角落開始蔓延，我成了這個秋天降臨這個陌生島嶼的第一個目擊者。就是一陣風從北方割裂夏天疾疾而來，風帶著顏色，所到之處一切枯黃，白色大帳棚四周的樹林瞬間變黃，風繼續鋪天蓋地往島嶼每個角落奔去，直到人們的睡眼被風掀開，才發現整個城鎮一夕黃髮，樹木大量落髮，街道上落葉簌簌，戀人忽然想起被藏在角落多年的那段愛情，母親思念女兒，孩童擁抱父親，孤獨的人發現自己無端垂淚，老去的人想起童提時代的玩伴，有伴的人握著伴侶的手，不肯放就是不肯放。

馬戲團的貨櫃車在柏油路上留下坑洞，黃葉飄落在還熱著的柏油上，被修路工人的辱罵加溫，靜靜地燒了起來。夏天，就在這燃燒當中正式離去。

我還穿著，離開達芬奇那天的衣服。白襯衫不知道是被秋風還是這趟旅程染黃，剛搭建好的白色帳棚也在秋風中染了淡黃色的遲暮顏色，一切都像是隔著淡黃色濾光鏡。貨櫃車司機和修路工人一頭黃髮滔滔爭吵著，我看著貨櫃車上的彩繪，讀著幾個陌生的字。

ZIRKUS REGENBOGEN

彩虹馬戲團。

這是我在歐洲的第一天。

在秋天正式來臨的第一天，一個新的身分，悄悄啓程了。

喧嘩上等喧嘩。

一個平頭男子騎著大象從貨櫃車走下，我清楚地看到他右手臂上一行中文藍色刺青寫著：喧嘩上等喧嘩。男子沒注意到我，他輕輕拍打大象的耳朵，大象忽然對空一鳴，聽到象鳴的馬戲團老闆和老闆娘馬上穿著睡衣從他們的拖車跑出來迎接。老闆娘抱著象鼻猛親，老闆則是身手俐落爬上象背，和象背上的男子擁抱相迎：「Pierre！Pierre！」

原來他就是皮耶，我今後的表演搭檔。他身形清瘦，但是肌肉結實分明，身上的破爛背心印著大象圖樣，明顯過大的牛仔褲上面許多破洞，一條白色領帶繫在腰間，脖子掛了一塊大玉佩。大象原地轉圈，興奮的腳步震醒馬戲團的所有成員。

所有團員都在老闆與老闆娘的示意之下，睡眼惺忪地前往白色大帳棚裡去。我默默地跟在大家後面，期待著這個我看過最大的馬戲帳棚裡頭光景如何。推開一扇銅色雕花鐵門，熱氣襲人，外頭的低溫被關在門外。我看到一個搭建中的巨大舞台置在馬戲團中央，觀眾席環繞舞台，許多熱帶樹木栽種在觀眾席，枝葉旺盛，一方蔥綠稻米田在舞台上溱溱生長，火紅天堂鳥四處恣意盛開，帳棚外頭的秋意正灼燒綠葉，裡頭卻熱帶綠洲繁華。工人們正在舞台上搭建一個大型的人造瀑布。我才發現，這裡頭的高溫在我額頭擰出了汗水。這帳棚裡頭的高溫，一如我生長的那個島嶼的夏天。但是這帳棚沒有我習慣多年帆布的刺鼻味，反而芬芳著晨間的田野清新。

皮耶跳上一張椅子，右手搭住高大老闆娘的肩膀，左腳跨在矮小老闆的頭上，開始吐出一連串字詞。這些字詞語調變化劇烈，在我的聽覺稜鏡裡散出各種色帶，每一個顏色上頭有不同的抑揚頓挫舞動著，直到他說出我聽懂的字詞，我才發現他已經用了好幾國的語言向各個來自不同國家的團員問好：「大家好，我是皮耶，我跟你們一樣，是

『彩虹馬戲團』的表演藝人，但因爲我精通各國語言，所以我也充當這個馬戲團的翻譯，負責協助老闆跟老闆娘跟大家溝通，讓這幾個月的彩排順利進行。我本身專長是軟骨和體操，希望今後跟大家合作愉快！」

老闆娘接著馬上用我完全聽不懂的德文說話，皮耶不用筆記，馬上可以非常流利地接著用各種語言翻譯：「我們夫婦本來就是很怪的人，所以我們也很討厭『自我介紹』這種無聊的程序，反正等大家一起排戲之後，自然就會認識彼此啦！我們搭建了這個帳棚，裡頭用暖氣控制著溫度，所以這裡面永遠都是攝氏三十八度，目前還沒有完工，但是我們希望我們三個月後正式演出的時候，這裡面會是一個美麗的熱帶雨林，潮濕而豐富。我和我先生寫了一個劇本，雖然沒有所謂的劇情，但你們各位在這齣劇裡，都各自扮演了重要的角色。所以雖然我們叫做『馬戲團』，但我們其實是以類似戲劇的方式演出，不過大家不用擔心，劇本沒有台詞啦，所以大家也不用背台詞，你們各位美麗的身體，就是你們的台詞。我們和一般的馬戲團很不同，我們唯一的動物表演者就是皮耶的大象，牠叫做『喧嘩』。」皮耶翻譯的時候，手指不斷地撫弄胸前的玉佩，玉佩上就刻著「喧嘩」。

皮耶掌心一擊，喧嘩就屈膝向所有人行禮，然後開始咀嚼一棵茂盛的樹。皮耶把一疊排練表發給每個表演者，以不同的語言和表演者溝通，直到他大聲叫喚：「壁虎？壁虎在這裡嗎？來自台灣的壁虎？」

我沒有應答。

那，不是我的名字。

我沒入身旁一棵虯髯垂掛的榕樹，沒有應答。三胞胎兄弟加入皮耶的叫喚，他們發音失準，「壁虎」兩字在聲帶震動中重新被創造，那些呼喚聽起來完全不是壁虎。

我來自一個，我用暴力切斷的過去。我不願意再當壁虎，我不再是那個態度恭順的男孩。

我撥開榕樹髯鬚，走近眾人的吶喊尋找，大聲地說：「我在這裡，但我的名字不是壁虎。」

皮耶終於看到了我。

他往我走過來，在我身體上下搜尋，右手臂上的刺青在肌肉汗水綿延中彷彿立體站立。我注意到他鼻翼像是脈搏般跳動，他正在用鼻息接受這熱帶帳棚裡所有微小動靜，如同我。我聞到他在陽光下醃漬的麥色肌膚，流出的汗水有巧克力的甜膩，還有他腰間那條鑲有紅牡丹的白色絲質領帶上，有女人藍色眼影的人工香料殘留，跨間則是散發著大象皮的粗糙泥土味，腳上的皮涼鞋有印度咖哩的新鮮，牛仔褲的破洞有子彈射穿的煙硝。他全身充滿著各種味道，雜匯成嘴上一彎神秘的微笑。那微笑是不斷鑿深的井，引人往下探，甚至往下跳，只爲了一看那藏匿的訊息。

但是，我知道，他聞不到我的味道。

我此刻就像是一杯蒸餾水，無色無味，沒名沒姓。

「那請問你，你叫什麼名字？」

我深深吸一口氣，蒐羅遠近各種芳香沖鼻，試圖裝滿我這個失去味道的軀體，暫時僞裝成一個虛擬。此刻我比嬰孩時代還空，腦子不懂語言，心裡沒有往事堆積，靈魂還沒長完，牙牙學語的殘破。

我今年二十三歲，我的背上，曾住過一隻壁虎。但是此刻，在這個陌生的土地，我是一個新的人。

現在，請叫我。

我伸出手，抓住皮耶的手心，摩擦他長繭的指腹，我假裝問候，其實是因爲快站不住了。我的視線越過人群，看到殷紅、靛藍、奼紫三兄弟正在疊羅漢和喧嘩玩耍，突然他們每次呼喚我不準的怪異發音，在我的舌頭上突變出一個新身分。

我握著皮耶的手，說出我離開「達芬奇馬戲團」之後的第一句話：「皮耶，你好，我叫做……屁……股……」

「你眞的跟三胞胎形容的一模一樣，悲傷，讓旁人完全猜不到你心裡在想什麼。而且你根本擅長隱形，身上沒有任何顏色，隨便就忽略了你。其實這也不是什麼壞事，只是我們做表演的，終究還是要賣票，我的意思是，我們要讓觀眾注意到我們。不過，他們說，當你哭的時候，不是哭天搶地，但這三個平日根本不流淚的男人，看到你表演突然心裡也跟著難過了起來。你知道嗎？我們兩個在這齣戲裡的角色，就是一起從頭哭到尾。」

皮耶帶著我到他的拖車，裡頭完全是東方情調的裝潢，一整排緋紅燈籠掛在窗前，神情安詳的佛陀石像散落各個角落，檀香繚繞，一個雕花古董床散發古木的年歲芳華，牆壁上有手寫的毛筆李白詩句：「孤帆遠影碧空盡，唯見長江天際流。」手繪中國山水的屏風屹屹站立。

「這裡的老闆對藝人絕對沒話說，他給你一個純白的拖車，讓你自己去布置成自己最舒服的家，我可是花了很多時間布置我這個地方，雖然其實根本不是『家』啦，家哪這麼流動，一拖就走，但我們一檔戲一表演就是大半年，這裡就必須是我們的落腳處，習慣也就習慣了。聽說你從小就在馬戲團長大，應該也很習慣這種生活了吧？」

關於我的過去，忽略是我直接的反射。我看著牆上的毛筆字，楷書端正，腕勁俐落不拖泥帶水，檀香焚燒裊裊，在牆上留下燻黃煙跡，整面牆像是流動的河。我問：「皮耶，你眞的是法國人嗎？你的書法寫得眞好……我根本不會寫書法。」

「傻瓜，這不是我寫的啦！我哪那麼厲害。」

他眼神留駐在牆上的書法，喉間輕輕哼出一首歌。他搖頭淺笑：「這是我前妻離開我那一天，拿著毛筆在牆上寫給我的。」

我看他神情哀傷，眼眶絲紅，趕緊道歉準備離開：「皮耶，對不起，我不該問的。我……我先回我的拖車。」

他拉住我，推了桃木椅要我坐下，轉身去沏茶，端出一盤點心，裡頭盛有奶油桃酥、驢打滾、綠豆糕、鳳梨酥，他說：「這都是我自己做的，嚐嚐看。我知道你在想什麼，我一個歐洲人，吃的住的根本比你還東方。但我這個是不倫不類，日本醋飯配上泰國香茅，印度黃咖哩淋在中國水餃上面，我自己高興，別人都覺得我是怪胎。」我嚐了一口桃酥，奶油散馥，甜味和舌頭糾纏不捨。他把鳳梨酥丟進芒果咖哩裡翻滾兩圈，大口咀嚼。他看我吃得起勁，點起身邊的蠟燭說：「屁股先生，我找你來，就是要讓我們認識彼此多一點。我們在這齣戲裡，表演的是一對戀人。」

戀人？

秋風闖進室內，吹熄了紅蠟燭，身後的太陽穿過毛玻璃，在皮耶臉上留下印象派油畫的融糊。桃酥還沒被我咀嚼，一塊稜角分明被我硬吞下肚，刮過我的食道，我嗆咳著。他察覺了我的不安，盤腿而坐，神情安然如身旁的佛陀像：「放心，我知道你在想什麼啦，哈哈，別緊張！其實我們大部分的時間都在舞台兩端打坐，離得很遠的！只有一場重要的表演段落，我們必須以戀人的身分，演出雙人軟骨表演。屁股，你愛過嗎？」

愛。

我愛過失去，我愛過缺席。

我愛過一個我失去的女孩。我愛過一個在這個旅程當中缺席的女孩。

皮耶見我安靜不答，給我添了新茶：「愛過的人，才能像你這麼悲傷吧。你爲什麼決定一個人離開台灣，到一個完全陌生的地方？」

我不知道。

我在尋找。

我要尋找，一個屬於我的地方，一個家，一個新身分，一個早已不在的女孩。

一塊巨大的陰影來到了皮耶的拖車，遮住陽光，整個拖車微微震動。一聲象鳴敲開拖車門，皮耶拍手大笑：「哈哈，我就知道，每次我吃甜食，你就會聞香而來！眞是貪吃的大象！你只要給牠甜食，喧嘩就會對你百依百順，根本好騙。就是這樣，你才會被騙走。」

喧嘩一口囫圇，把剩下的點心全都給吃光。他不斷發出聲響，用鼻子摩擦我的身體。終於，我知道他名字的由來。

喧嘩，上等喧嘩。大象的熱情瞬間感染了我，象鼻撫過我的身體，皺褶粗糙。我知道大象的鼻子簡直萬用，喝水驅蟲抓取食物樣樣都行，問候愛撫示威都由之表達。喧嘩很明顯是亞洲母象，沒有象牙，鼻上皺褶稀疏，是隻年輕的母象。喧嘩用鼻子抓起地上的泥塵往背上拋，楓樹的落葉被牠惹起滿天飛，我靠著牠，忽然覺得安心。皮耶在一旁看著我們說：「這眞的很難得，喧嘩很怕生人的，但是牠卻這麼喜歡你，也許是因爲，你們兩個都說中文啦！我當初，就是在中國一家餐廳裡遇到牠的。」我爬上喧嘩的背上，身上跟著沾了許多泥土和紅楓。我問皮耶：「餐廳？爲什麼？喧嘩去那裡吃飯嗎？」皮耶大笑回答：「不，是去那裡被吃啦！」喧嘩此時氣憤地跺地，太陽彷彿被牠的氣憤震動到，加速往城市的西邊沉落。「那時候我正準備點菜，結果老闆看到我是個外國人，馬上跟我推薦剛從黑市買回來的一頭大象，說象鼻烹煮之後有多美味，對男人性能力有多好，這隻還是個上等的象品種，肉質鮮嫩，機會難得。這隻大象大概發現自己死期不遠，在籠子裡瘋狂大叫，叫聲把幾條街的人都引來這家餐廳前看這隻即將被殺死的大象。老闆繼續說這是隻母象，長不出象牙沒價值，但是全身上下都被快被街坊鄰居給訂走了，只剩單價比較高的象鼻，就等我嚐鮮。我聽著聽著就揮拳把老闆的鼻子打斷，然後花了我所有的旅費，把大象買走。我給牠取名爲『喧嘩』，從此到處跟著我流浪，跟著我到處巡迴，去過二十幾個國家了。」

喧嘩上，等喧嘩。皮耶也爬上象背，搭住我的肩膀，面對夕陽和我一起送走今天。

「屁股，我不知道你來自怎樣的過去，我也不會再過問，我雖然好奇爲何你不肯人家叫你壁虎，而只是叫你這個奇怪的名字，但除非你願意告訴我，否則我不會問。聽說……你沒有家人。」我別過頭去，新鮮的黑夜還未成熟，遮掩不了我的悲傷。「沒關係，我也只有一個早就失去聯絡的弟弟，跟你年紀差不多……這樣好了，我希望你把我當成你的哥哥，反正我年紀比你大一些，我希望你信任我，讓我們一起，把這個表演做到最好。」

我的確懷念掌聲，那種鑽開聽覺的喧嘩，腦子空白一片的激昂。我們並肩坐在一起，在這個安靜的島嶼角落，在喧嘩背上，靜靜地等待馬戲團開演的那一天，觀眾爲我們響起的喧嘩。

「除了明天就開始的集體排練之外，我希望你能夠和我多花一點時間相處。我們演一對戀人，就該多一點時間相處，雖然我們都知道我們不可能是戀人啦！但是我們要讓我們的身體信任彼此。老闆跟老闆娘的排練方式很怪的，要是你不夠相信我，我們的那一段表演一定會失敗。」

喧嘩移動身體，斜靠在楓樹，眼神迷濛。大象不是長睡眠者，他們身軀過重，如果睡太久，會過度壓迫自身的器官，所以最多三個小時後就必須起身，醒來或者換個完全不同的姿勢睡去。我其實也必須，換個姿勢睡去，持續了廿十幾年老舊的睡姿壓迫我太久了，我的過去已經衰竭死亡。

我需要，一個新的身分。

我在喧嘩身上酣睡，象皮擴張成溫暖的土地，任由我翻身寤夢。短短三個小時，我在夢境裡和喧嘩四處翱翔，去了孟買然後加德滿都，紐約之後是里約，夢裡的各個異國角落，都有皮耶，還有一個面容不眞切的長髮女子。喧嘩和我一起醒來時，我們身上的泥土潮濕溫柔地依附在我們皮膚上，頂上的楓樹一身禿，以落葉淹沒我們。秋天星子稀疏，氣溫拉低水銀刻度時發出指甲刮過金屬的刺耳，淹沒我們的落葉沒有死亡的氣息，而是濕潤柔軟。皮耶已不在，我身上一條毯子，還留著皮耶的體溫。

我知道，一個新的人，已經住進我的身體了。

排練即刻展開。馬戲團訂製了巨型霓虹燈，把這齣劇的劇名 VOLUPTAS 高掛在舞台正上方，流光閃爍。他請了攝影師，為每位表演藝人拍下照片，然後把照片放大成巨型海報，隨機懸掛於帳棚四處：三胞胎兄弟、泰國竹竿溜冰少女、瑞士金屬環大熊、喧嘩、我和皮耶，以及剛來到的兩個西班牙閹人男高音、十個非洲飛天男侏儒、和一個穿和服頭頂龐克尖頭肩背電吉他的日本少女。沒有小丑，沒有馴獸，這個馬戲團其實一點都不「馬戲」。每個人的照片，都是臉部大特寫，無妝眞實，簡直赤裸。照片裡的我，眼睛閉上，鬍渣被秋天染成荒草，我抬頭端詳著被放大的自己的臉，怔怔出神。什麼時候，我的臉上多了一個我認不出的微笑。這個微笑挖深我兩頰的酒窩，拉長我的睫毛，嘴巴旁的八字笑紋延伸成兩條新湧出的溪流。

每個團員在老闆與老闆娘的堅持之下，都只能吃馬戲團準備的有機飲食，全素無肉，她要大家以最清爽的體態上台。馬戲團禁菸但不禁酒，老闆供應無限量啤酒，條件是只能喝來自他家鄉萊茵河谷的德國啤酒，老闆說他沒有啤酒絕對會快速死亡，況且這齣戲有一段很重要的表演跟啤酒有關，所以根本名正言順，連不會喝啤酒的我都必須在他的監視下早一杯晚一杯。每天早晨，團員在早餐之後，便各自帶著竹席，在帳棚裡開始跟著老闆娘做瑜珈。老闆娘身形偉懋，但是骨頭轉動毫無生澀聲響，而是潤滑延展，帶領著大家吸進帳棚裡的熱帶濕潤，傾聽身體裡每個器官鼓動，勻整呼吸，淨空身體雜訊。在瑜珈練習裡，我才發現，每個團員無論身材專長，全都棉絮柔軟，連總是一身酒氣的金屬環大熊都能夠邊打嗝放屁邊劈腿，沉默的泰國竹竿少女依然穿著溜冰鞋，日本少女背上的電吉他就是她的瑜珈草席，非洲男侏儒總是唱著部落的慶典歌曲，閹人歌手則是脖子上覆蓋雪貂皮保護聲帶，邊劈腿邊不斷地把喉間的音符削尖。。

然後，每個表演者依照著排練表，各自和老闆娘與老闆娘排練。

VOLUPTAS，拉丁文，慾望。

老闆娘設計了一套舞蹈，我和皮耶有一場長達半小時的雙人舞。在阿根廷探戈節奏當中，我們必須把軟骨功加入，音樂節奏快速時皮耶主動，以廝殺之氣抓取我的身體，如兩貓弓背互相攻擊，皮耶攻我守，讓身體不斷摩擦又分離，風來自兩個陽剛身體，掃過整個舞台，舞姿必須有血腥競技況味，手指陷溺在彼此的臀部，然後盜走對方的一塊靈魂，身體在不斷地分開又撞擊；音樂減慢時，必須換我主動，緩慢優雅抬舉皮耶的身體，身體迎合必有糾葛之姿，在不間斷的停格當中，雙手從不離開彼此的身體，腳踩足踢，兩人舞動節拍巧克力甜膩，以汗水灌溉對方的飢渴，糾纏再糾纏絕不棄守。

整整三十分鐘的舞蹈，在正式表演時，我們都必須不斷地哭泣。

但是我和皮耶都過於僵硬。在技術層面我們都可以很快達到老闆娘的要求，舞步節拍馬上寫入身體移動程式，該彎該折該拐全都不成問題。但是當我們必須眼神纏繞對望、肌膚黏住彼此久久不放時，我們就宛如冰凍緊繃，任憑老闆娘喊破喉嚨一直叫：Sanft！Sanft！我們依然無法正視彼此瞳孔，在眼神交換的瞬間，我們彷彿都看到某些草草埋葬的秘密。

皮耶氣喘吁吁，翻譯著老闆娘的指示：「柔軟！柔軟！」

慾望不成調，我們的探戈舞不出兩人深情。我承認，我對皮耶的身體有排斥，雖然皮耶試著推進，但我知道他也有障礙。

「我們必須，多花一點時間認識彼此。」

一直在一旁安靜練習溜冰的泰國竹竿少女，在連續兩個三轉跳之後，突然跌坐在地，張大嘴巴。她清清喉嚨，舌頭像是溜滑梯掛在嘴外，一串字詞從舌頭傾溜而出，快速急切。這是認識竹竿少女之後，我第一次聽到她說話。皮耶馬上翻譯：「大象，濃霧，圍牆，紫色，回家，離開，弟弟，死亡。」

說完，她口閉不語，盤膝而坐，臉上浮起歪斜微笑，如入定老僧，她身旁一株天堂鳥突然著火燃燒，惡臭從花屍擴散，每個人都掩鼻走避。我戰慄，心上像是長了細毛搔癢，那顆我心上新長的瘤突變生長，侵蝕我的體內器官。我知道，竹竿少女在做什麼，她正在預言。如同我以前的壁虎。

每個人都聽到了，帳棚外，開始出現規律的碰撞聲。喧嘩的叫聲混雜著碰撞聲淒厲喊著，牠的聲音充滿恐懼，高分貝撞開馬戲團的銅門。我們往外奔馳，看到牠不知如何跳到了皮耶的拖車頂，失控地上下跳動，整個拖車開始凹陷變形。幾個馬戲團工作人員試圖用繩索套住喧嘩，但都被喧嘩的力道甩開。我環顧四周，圍繞帳棚的柵欄已經牠給撞壞，一棵樺樹被牠撞倒，幾輛拖車已經被牠給撞到變形。喧嘩平日並不關在柵欄裡，而是在帳棚四處自由遊走，跟人族也一直和諧相處，簡直是馬戲團的寵物。

皮耶在我身旁，面露恐懼說：「完了，他一定來過了。被他找到我們了。」

他對著喧嘩大聲呼喊：「喧嘩，是我啊！我是皮耶！」試圖讓牠平靜下來，但喧嘩看到他卻反應更加激烈，皮耶的拖車此刻已經嚴重變形，窗玻璃碎裂，喧嘩對著皮耶吼出憤怒，噴濺出穠稠的口水，然後跳下拖車頂，往別處急奔。突然一陣大霧襲來，遮蔽所有視線，濃霧中，喧嘩完全失去方向，四處狂奔，人的尖叫聲四起。我聽到皮耶沙啞地不斷呼喚喧嘩，遠處有警車逼近，警鈴聲穿過霧氣，讓喧嘩更失控。我一直站在原地，幾次喧嘩從我身邊奔過，粗糙的象皮刮過我的身體，我可以感覺到牠驚恐的汗水。

然後，我看到了一個長髮男子，臉上一個滿足的笑，瀏海遮住半張臉，坐在皮耶撞壞的圍牆上。但那張臉龐輪廓極像皮耶，一樣的薄唇高鼻。喧嘩原本要從這道垮掉的牆往外奔，看到長髮男子，馬上煞車轉向，叫聲轉爲高分貝的尖叫，惹來一旁西班牙閹人歌手一起尖叫。

不，那不是皮耶。那個皮耶手臂上沒有刺青，臉上只有一邊眉毛，穿著及膝的黑色皮大衣，坐在被喧嘩撞壞的圍牆上，大聲笑著。喧嘩完全失控奔跑，人們在霧氣當中躲避喧嘩，皮耶追上喧嘩，跳到牠背上，但是馬上被甩開，整個人凌空飛騰。喧嘩轉身對著皮耶吼出憤怒，然後撞開另一面圍牆，往外逃逸。一連串的咒罵聲馬上傳來，連夜重新鋪路的修路工人正在拉起封鎖線，人車禁止通行的標誌閃亮高掛，想不到一隻幾噸重的大象殺出，在柔軟未乾的柏油路上留下清晰的巨大腳印。

那個長髮男子，已不見蹤影。

混亂中，竹竿少女溜到我身邊，說了一串我聽不懂的泰文，但其實我完全懂。

她說，快去救皮耶。

被喧嘩用力甩開的皮耶，降落白色帳棚屋頂上。混亂當中一直在拖車裡睡覺的金屬環大熊，一身精光地走出拖車，看到皮耶被甩到屋頂上，馬上身手矯健地爬上屋頂，把皮耶扛在肩上。竹竿少女眼神直視著金屬大熊，開始喃喃自語，突然吐了一地榴連，然後繼續溜冰，原地快速轉圈。

皮耶右腳掌骨頭斷裂，裹了大石膏回到馬戲團。他一直關心喧嘩到底逃去哪裡，所有人皆沉默不語。我們在電視上看到喧嘩急奔過繁忙的城市大街，在警方的包圍下，身中數槍麻醉藥依然失控。牠踏過停在路邊的車，喝光人工噴泉的水，吃掉路邊咖啡座的蛋糕，象鼻掃掉陽台上的盆栽，一路不停吼叫往前奔，像是後有敵追趕。最後，牠和一台煞車不及的大卡車撞上，卡車只凹了個洞。喧嘩撞進一家巧克力店，嘩啦啦的巧克力球傾倒在他身上，奶油瀉在牠的皮膚上，把牠染成白象。牠死前身體僵硬，只有嘴巴未停止咀嚼，在甜蜜之中，咀嚼慢慢停止，宛如電池用盡的大象玩具。

喧嘩，從此停止喧嘩。

皮耶住進我的拖車，整整一個禮拜，不和任何人溝通。

他拿出所有積蓄，安排喧嘩的屍體送回歐洲本土，把牠製成標本。原本我和皮耶要在喧嘩背上跳探戈，也因此取消。皮耶終日躺在床上，撥弄著胸前的玉佩，喃喃自語：「他來了，他來了。」

直到一天清晨，我在手掌的撥弄下醒來。

「原來，這是你名字的由來。」皮耶掌心刮過我背上的胎記，粗糙如象皮。他的手在印度恆河洗過衣服，在西藏高原被冰磧給刮傷過，在非洲草原給土狼咬過，旅途中的冒險刻進手掌，觸碰一下便宛如跟著世界繞一圈。我打赤膊趴睡在地板上，一直用衣物刻意遮掩的胎記被發現，我感到無比赤裸。

我趕緊抓了衣物遮去背部說：「我不喜歡這個胎記，對不起……」

但是皮耶用手掌壓住我的身體說：「我的弟弟，臉上也有一個胎記。上禮拜，就是他害喧嘩失控的。你這個壁虎胎記，看久了好像會動，會讓人著迷。」他兩手成舟，划過我冰涼的背部，我皮膚的毛細孔成漩渦，皮耶在上漂泛，我的身體止不住微微抖動。

「你的弟弟，是不是在喧嘩失控那天晚上，出現在馬戲團？」

「你有看到他？」

「我不確定……我看到一個長得很像你的人。」

「果然我猜得沒錯，我的弟弟找到我了。」

突然，一陣風起，牆上的溫度計須臾下探零度，窗玻璃嗶啵打顫，我背上的河水瞬間結冰。一陣新鮮的榴連奶酪香氣傳來，彷佛一卡車的榴連經過窗前。我打開拖車門迎接低溫，看到竹竿少女拖了一箱新鮮榴連，一台一台拖車分送。每個收到榴連的人，都在竹竿少女轉身之後露出嫌惡的表情，彷佛手上是炸彈。遠處，金屬大熊正繞著帳棚慢跑，以赤裸的上身撞開低溫，氣喘咻咻，金屬環隨著他的身體晃動發出清脆的撞擊聲響。竹竿少女以凝視送走金屬環大熊的背影，忽然從背包拿出一把大刀，斧開一顆榴連開始咀嚼。

皮耶和我相視微笑，幫我穿上外套說：「冬天眞的來了！別著涼，屁股老弟。」他手掌再度撫過我的胎記，然後示意我注視竹竿少女：「記住她臉上這個表情，我們跳舞的時候，就需要這種表情。走，扶我去帳棚，我們回去排練我們的探戈。」

老闆和老闆娘看到皮耶出現在帳棚裡，馬上擁抱著皮耶久久不放。他們答應皮耶，如果喧嘩的標本在首演前可以趕工完成，他們還是希望喧嘩可以出現在舞台上。老闆拿出兩瓶紅酒，說是陳了幾年捨不得喝的，但是現在就是想喝，我跟皮耶在他的堅持下，快速兩杯下肚。

紅酒開始往我額頭衝，因爲快速的暈眩，我開始柔軟，忍不住對著皮耶笑。老闆娘見狀，把我們身上的衣服剝除，要我們胸貼著胸，眼神黏在一起，慢慢開始做暖身。老闆拿出一把吉他，把手指放進酒杯裡沾了紅酒，開始彈奏一曲隨興，從吉他流洩出來的音符有紅葡萄成熟的香氣。皮耶的玉佩被我們夾緊，汗水開始從我們的胸膛開始蔓延，直到我們兩個的皮膚滲出豆大汗珠。老闆娘拿了一杯紅酒我們身上倒，要我們用舌頭舔去彼此身上的紅酒。我的舌尖，刮過皮耶的胸膛、肩膀、與被紅酒染紅的石膏，我沒有嚐到紅酒，反而舌尖充滿桃酥的奶油味道，還有綠豆酥的味道。皮耶的舌劃過我的腹部，用牙齒拔起我肚臍下的細毛，眼神迷濛說：「屁股，你的汗好像鳳梨酥。」

探戈的音樂響起。在兩人舞動當中，皮耶把右腳放到我的肩膀上，或者置放在我腰間。我們兩個眼神都離不開彼此，皮耶的手掌不斷地在我的胎記上游移。皮耶胸膛的棕毛，在我們身體推進之間，蓬蓬勃發，我兩頰的細毛鬍渣，也蜷曲伸展。舞曲歇止，我和皮耶卻依然停不下來，互相在舞動中把彼此身體伸展到最極限。

我突然開始哭泣。

皮耶。

皮耶張嘴喘氣，舌尖還有我肚臍上的細毛。他右腳仍留在我的肩膀上，用力抱住我說：「對，就是這樣……」

老闆和老闆娘繼續開瓶，爲我們的舞動喝采。皮耶的淚水，滑到了胸前的玉佩。

皮耶，我的哥哥。

有那麼一天，我確定，什麼都是對的。

這島嶼上美好的一天，在竹竿少女的喊叫聲當中揭幕。竹竿少女的叫喊聲，從金屬環大熊的拖車傳出來。先是細碎的悶壓聲音，然後竹竿少女的喉嚨被旋開，叫喊聲開始肆無忌憚地被釋放。她的叫聲充滿語句，在冷空氣中結成冰棒，飛鏢似地四處射擊，濃郁的榴連香氣隨著叫喊飄散，所有人都被竹竿少女的叫喊聲吵醒，每個人都鬆了一口氣，終於，終於。每個人微笑翻身，繼續睡去或者傾聽，一致的動作是掩鼻，因爲榴連的味道隨著叫喊的增強，越來越刺鼻。隨後金屬環大熊的低吼加入這清晨序曲，兩人的合唱變成子彈，開始向四周攻擊，每台拖車地震般晃動，禿樹抖動，帳棚咻咻。竹竿少女的叫喊聲達到頂點時，帳棚裡舞台上的人造瀑布突然爆開，水流失控噴濺。水流過舞台、觀眾席、拖車區，變成一條水勢洶湧的河流。我們的拖車在水流當中載浮載沉，隨著叫喊聲上下漂動。竹竿少女的叫喊聲混入河水，往下坡奔去，整個山丘都迴盪著叫喊聲。我和皮耶跑出拖車，跳進洶湧冰冷的河水，笑鬧地推擠彼此，皮耶只能單腳涉水，臉色被叫喊聲染成酡紅。河水沖倒了整夜忙著鋪路的卡車，在我已經熟悉的修路工人咒罵聲中，河水帶著少女的叫喊聲，把新的柏油路充作河道往山下奔流。

我看著自己單調白色的拖車，突然興起一個念頭：我需要顏色。

「皮耶，我想要把我的房間漆上顏色，陪我去買油漆好不好？」

我們騎著單車，皮耶坐在後座，綁石膏的腳就放在我大腿上。我們順著這條一直開墾不順的山路，往島嶼的城鎮前進。修路工人的咒罵被竹竿少女的叫喊聲蓋過，他們看著心血又泡湯的咒罵姿態，就像是默片裡氣急敗壞的諧星。我們一路騎過貨櫃車碾過的車痕、喧嘩在柏油路上留下的腳印、還有剛剛被水沖走的機械切開柏油的凹洞，水路顛簸，迎面的寒風卻突然回暖。

城鎮遊客人潮洶湧，聖誕市集升起五彩燈泡，每個人穿著厚重大衣選購著聖誕裝飾、禮品，港口一艘遊輪正入港，帶來更多的遊客。我站在一座旋轉木馬前怔怔出神，木馬上的孩子咯咯笑聲聽起來像是一首遙遠的歌曲，我多希望就像這些孩子，穿著紅色新外套，坐在木馬上不斷旋轉，每轉一圈就會看到微笑的父母，木馬停止奔馳，父母的懷抱就在出口處……

「怎麼了？看起來這麼難過？」皮耶打斷我的思緒，遞給我一杯熱飲。

「沒事，沒事。我只是在練習，隨時想哭都可以哭，這樣表演的時候才沒問題。這是什麼飲料？」

「你不知道這個嗎？這是 Glühwein，熱紅酒，裡頭有丁香、肉桂、檸檬皮，加白糖之後跟紅酒一起煮，每年冬天我每天都會喝上好幾杯哩！我猜你一定會喜歡。」

熱紅酒在我身體裡燒起暖爐，肉桂的味道隨著我在冷空氣中呼出的白煙瀰漫空中。我們喝著熱紅酒，在人潮中試圖尋找油漆店，皮耶拄著拐杖前進，酒精催化讓他屢屢失去重心。

黑色。

人群中，我看到了。

黑色皮大衣。

「皮耶，那是不是？」

黑色被人群沖淡，連續幾杯熱紅酒下肚的皮耶眼神渙散，疑惑地對我說：「什麼？是不是什麼？」

「沒有啦，我也不確定我看到了什麼。」

等我買了兩罐藍油漆之後，皮耶已經醉了。我把他背到肩上，兩肩掛著油漆罐，往停放腳踏車的街角走去。皮耶開始醉語不休，不斷地對著我的耳背吹出熱紅酒氣息：「屁股，帶我去那家巧克力店好不好？」

皮耶不用多解釋，我知道他還沒有機會造訪喧嘩出事的地點。我背著他走過大街小巷，問了許多路人，終於找到了那家巧克力店。這家店已經整修完畢，但是店裡推出大象造型的巧克力與蛋糕，造成搶購，買大象巧克力的隊伍排了一整條街。皮耶從我背上跳下來，把手上未喝完的熱紅酒往地上一倒：「敬你一杯，喧嘩。謝謝你陪我走過這麼一段。你看你死了多精彩，報紙留頭版給你，現在還有紀念你的巧克力。」

我終於鼓起勇氣問：「爲什麼喧嘩看到你弟弟，會失控成那個樣子？」

「我的弟弟，和我有很深的恩怨。我曾經從他身上搶走一樣東西，從此以後，不論我到哪裡，他都會努力找到我。在印度恆河邊，他騙走了喧嘩，要我去贖回。結果，是我的前妻去把喧嘩給救回來。喧嘩那時候被他虐待到幾乎崩潰，他每天拿鞭子抽、熱水燙，不給吃不給喝，被救回來以後，喧嘩花了好幾個月的時間才完全恢復平靜，才能上台表演。」

此時，從山丘上奔流而下的河水，夾帶著竹竿少女的叫喊聲沖刷過這條街。河水刷過人們灑在地上的熱紅酒，淹過每個人的腳踝，空氣當中開始瀰漫著肉桂的香氣和榴槤的奶酪味道。河水流過的街道開始產生變化，路人開始彼此熱情擁吻，男男、男女、女女，五星級飯店的窗戶傳出此起彼落的叫喊聲，寒風溫柔了起來，沒有人演奏音樂，但就是有手風琴與小提琴的音色在耳裡迴盪。後來，報紙統計，當天在島上度假的情侶，幾乎每一對都受孕成功；久未碰觸彼此身體的退休老夫妻，也在當天重溫少年時代的叫喊滋味；許多與父母來此度假的青澀少年，一夕之間步入青春期，身體開始騷動不安。河水刷過街道，往藍色沙灘奔去，竹竿少女的喊叫感染整座島嶼，每個人的嘴唇都沾上了愛情的滋味。拉摩島，在今天是個愛情島。

我背著皮耶，穿過每對愛戀伴侶。

「屁股，你知不知道歷史上有很多有名的大象？我從小對大象就很著迷，德國西部有一個河谷都市叫做 Wuppertal ，就有一隻很有名的大象叫做 Tuffi 。這個都市有一個知名的交通系統，不是在地上，也不是在地底，而是懸掛在半空，以此連接這個河谷城市的兩端。一九五〇年七月二十一號，爲了打響這個運輸系統的名號，剛好巡迴到此地的馬戲團派出了母象 Tuffi ，安排牠乘坐一趟，藉此宣示這個系統連大象都可以載，絕對非常安全。結果 Tuffi 大概是不喜歡狹小的車廂空間，在車廂裡不停尖叫，最後把車廂撞開一個大洞，從離地面五公尺的空中掉進河裡，結果只受了一點輕傷，還活到了一九八九年。我後來跟著『彩虹馬戲團』巡迴到這個都市，自己去坐電車，往下一看，天哪！要我跳我才不敢跳哩！」

跳躍需要勇氣，自由需要勇氣，這我清楚。

皮耶在我的背上睡著了。我的腳踝也浸在河水裡，胸臆中有隱約的尖叫。心上的瘤安靜地睡去，我回頭看這座藍色的島嶼，知道自己早已經撞開車廂，跳進深不可測的河水了。

「白色，眼影，直昇機，淤塞，藍色。」

首演當晚的集體暖身，竹竿少女做了第二次預言。她黝黑的肌膚突然白晰，睫毛長了幾公分，整個人從金屬環大熊的懷抱裡跳開，邊說話邊原地緩慢轉圈。她經常叫喊的聲帶已經受到損壞，喉間總是有綠豆滾動，話語吐出往往都已經是一鍋稠膩的豆沙，連皮耶也要辨認很久才能翻譯出來。

老闆娘聽到預言，大叫：「拜託！不要再有什麼預言了啦！好恐怖！我還是比較喜歡聽妳叫。」

我拆解預言，心裡推敲著，這個預言應該跟我無關。我的拖車已經不再是純白色，皮耶和我合力塗上新漆，毫無章法，一面牆被我們胡亂妝點。皮耶在拖車外皮畫上一個男子的背影，臀部上寫著：屁股的家，背上的壁虎胎記，被一雙手擋住。手是我畫上的，是皮耶那雙充滿故事的手。再過幾天，皮耶的新拖車就會到來。但我暗自希望新拖車永遠不要到來，我已經習慣皮耶和我擠一張小床，安靜宛如死亡地睡在我身邊，不打呼不翻身不說夢話，屍體般靜止。有他，一整面牆安靜地繽紛。

老闆衝進後台，宣布因為通往帳棚的路一直沒修好，剛鋪好的路根本不能讓車上去，所以現在只能單線道通車，造成大塞車，必須延遲一個小時才開演。竹竿少女恢復平日神態，拉開窗簾往外面的天空看。在她的凝視裡，白色開始無聲飄降。白色。雪。我看了馬上衝出後台門，忘了自己戲服就是一件輕薄的泳褲，在帳棚外讓雪花降落在我身上，溫柔地融化。這是我生命當中第一場雪，我把之當作我最好的，生日禮物。沒有人知道今天首演剛好是我的生日，我不覺得特別悲傷，反正我從十歲開始就很習慣這樣的忽略。我泳褲裡藏著那塊紅布，緊緊貼著我的皮膚，人魚娜娜、我的女孩、我的兩個母親彷彿都陪伴著我。雪飄進我的眼睛，我開始哭泣。通往馬戲團的路大塞車，預告了今晚的爆滿。掌聲，我如此懷念的掌聲，只剩一小時了。

一件外套覆蓋在我身上，我不用回頭，我知道那是皮耶。

「喧嘩第一次看到雪的時候，也是跟你一樣這麼興奮，站在雪裡面怎樣也不肯回溫暖的籠子。」

「你的腳沒問題吧？」

「拜託，都拆掉兩個禮拜了，沒問題啦！如果在表演當中我不能動了，我就只能靠你把我背起來啦！」

螺旋槳轉動的聲音，穿過雪而來。我往聲音的源頭尋找，發現一台直昇機正往帳棚逼近，下面吊掛了一個大箱子。直昇機在雪裡慢速下降，木箱子落地之後，揚長而去，消失在雪裡。

皮耶開始哭泣：「喧嘩趕上了！」

喧嘩的標本，乘著雪而來，趕上了首演夜。工作人員合力把冰冷的喧嘩搬到舞台上，皮耶臥在喧嘩的背上，眼淚一直到演出後都沒有停止。喧嘩的鼻子被調整成昂揚的姿態，嘴巴還有巧克力的痕跡，宛如喧嘩只是冬天冰凍的瀑布，暖風一吹，牠就會開始流動，復活跳躍。

觀眾開始進場，在每個人的票券上，都標明「請觀眾在保暖的大衣下，穿著熱帶衣物，什麼都不穿我們也不會趕你出去。」觀眾一進到熱帶帳棚，就紛紛把身上的厚重脫掉，露出底下的花襯衫、比基尼，場邊賣的不是爆米花或者棉花糖，是身材火辣的男女侍者穿著泳裝賣雞尾酒與冰淇淋。

皮耶和我走進舞台下的機關，等待指示。我們手牽著手，安撫彼此快速的脈搏跳動。

「皮耶，謝謝你。」

「謝什麼？」

「謝謝你一直陪著我。」

我們開始隨著舞台機關，緩緩升到舞台的正中央。我們就站在稻田的中央，黃金稻穗飽滿，舞台四周的扶桑花豔麗招搖，竹葉翠綠，水蓮在水池裡舒展，脫蛹而出的大鳳蝶四處飛翔，帳棚頂端置放了一個大型鳥籠，裡頭的熱帶鳥兒囀喉歌唱。舞台上方降下了一個飛碟造型的小舞台，背電吉他的日本少女穿著和服，抱著一疊黑膠唱片站在其上。她把一疊唱片往上丟，然後用耳背、十指縫、嘴巴、還有頭上放射狀的龐克髮型，一一接住所有唱片，引爆第一批掌聲。她把唱片置放在四軌混音器上，開始把玩電子音符，她用亮片彩繪的指甲刮過唱片，用腳指頭轉換唱盤，隨興取樣混音，偶而彈奏電吉他，以繽紛的電子音符爲表演揭開序幕。

一行大字投影在舞台上：VOLUPTAS，慾望。

燈光打在我和皮耶的身上，讓我們身上的金粉閃爍奪目。我們手上各一半柚子，在我們的擁抱當中，兩半柚子結合。我單腳站立傾斜，讓皮耶單手抓著我的頭顱倒立，掌聲喧嘩。我們在稻田裡盡情伸展彼此身體，奔跑跳躍，兩半柚子從未分離，直到我們沾滿了稻穗與泥土。兩位西班牙閹人歌手出現在舞台兩端，以高亢歌聲呼喚我們。我們各自拿了一半的柚子往舞台兩端走去，眼神不斷回顧彼此。

DIGRESSIO，分離。

皮耶走向左邊，爬上喧嘩的背上，開始坐臥沉思，翠綠的竹葉開始從舞台上方飄落在他身上；我在人工瀑布的下方盤腿打坐，夾帶著粉紅花瓣的水流開始往我身上澆淋。

舞台開始變換，稻田分成兩半往舞台兩邊移動，舞台中央升起許多白色柱狀體，城市高樓風景被電腦投影在這些柱狀體上，一個虛擬的城市切片搬移到舞台上。三胞胎兄弟穿著黑色西裝、戴著黑色墨鏡出現在舞台上，各自拖了大皮箱，機場的班機起降廣播開始響起。舞台開始旋轉，電腦投影片不斷變換不同的城市風景，三胞胎突然仰天長嘯，拉開行李箱，拉出一個、兩個、十個、廿個、卅個小孩，最後有五十個睡眼惺忪的小孩被拉到舞台上。他們集體甦醒，包圍住三胞胎，剝除他們身上的衣物，直到三兄弟露出西裝底下的彩色緊身衣。

TROPICUS，熱帶。

小孩開始在旋轉的舞台上瘋狂奔跑，整個舞台就像是個漩渦，三胞胎從行李箱拿出幾公尺長的跳繩，在舞台上拉開，讓奔跑笑鬧的小孩開始跳繩。小孩們快速地跳過繩子，翻跟斗、疊羅漢，繩子快速抽動，但就是沒有一個小孩碰觸到繩子。三條繩子集合在一起，在舞台上咻咻抽動，孩子們身手矯健地跳過，宛如靈巧的飛魚。此時城市風景全消失，換上了草原流水，舞台上的字幕換成：MUSCA，飛行。

三胞胎從行李箱變出一顆顆肥大的熟透芒果，把每一顆芒果往上丟，然後翻兩個跟斗接住。帳棚頂端開始出現非洲飛天男侏儒，他們乘坐著鞦韆左右快速飛翔，接住每一顆往上拋的芒果，然後用後膝蓋夾住鞦韆，倒掛著開始吃起芒果。芒果香味四溢，黃色汁液如雨低落。孩子們各自拿了一籃熱帶水果，走進觀眾群分送。男侏儒在飛翔當中不斷敲擊綁在腰間的皮鼓，吟唱出赤道非洲的濕熱，帳棚裡的柚子樹在他們的歌聲鼓動中開出白色的花朵，含苞蓮花盛開，舞台上湧出黃色芒果汁泉水。在他們的吟唱裡，每個人都聽見赤道草原上印度豹追逐獵物時，彈簧骨骼因爲飢餓而加速到百公里，爪子撕開獵物咽喉的聲音。

閹人划著獨木舟，從舞台兩端划入舞台，此時舞台已經是泓汯啤酒池，舞台四周開始吹起涼爽的風，啤酒的泡沫在船槳的挑動下在空中飄散。閹人歌手拿起杯子，舀起啤酒大口灌下，然後在船上開始歌唱，不用任何麥克風，就已經音聲洪鐘。先是幾個清脆的音符，伴著日本少女的電子音符緩緩流洩。水池裡升起一個大長桌，上面盛宴擺設，幾百個玻璃杯站立。他們寬廣的肺部氣息充足，特有的少年音色開始花腔炫技，在莫札特的〈夜后〉音符裡快速爬升，音符逐漸被削尖，一個高音可以如空中盤旋的飛機，不肯降落。他們面前的玻璃杯開始一個接著一個碎裂，彷彿隱形鬼魂在餐桌上捏碎酒杯，碎片像是煙火一般不斷綻放。在高音攀升到最高峰的時候，整張桌子猛烈晃動，所有的觀眾幾乎都掩住耳朵，帳棚頂端的鳥籠鎖碎裂，釋放出跟著閹人歌手唱和的鳥群，整個帳棚顫巍巍，我身後的人造瀑布再度爆裂，強大的水流我往身體灌，流過舞台、觀眾席、拖車，再度沿著那條永遠修不完的道路往下奔馳。

BAMBUSA。竹子。

啤酒池與閹人歌手一起退去，留下一個鋪滿竹葉的空舞台。竹竿少女穿著溜冰鞋，從觀眾席溜入舞台。她喉間掛了一個麥克風，讓她喉間不斷發出的聲響可以傳遍整個帳棚。她滑過落葉，連續五個三轉跳，安穩落地。她喉間不斷發出各種詞彙，沒有人聽得懂那些沙啞的聲帶振動是什麼意思，但每個人都知道這些語詞如此細碎如此濃烈，只能是關於愛情，像是砧板上慢慢用刀剁碎的新鮮大蒜，期待在鍋子裡與熱油交纏，然後金黃一身，一輩子就是等著這幾秒的熾熱相遇。

一片竹林，升到舞台上來。竹竿少女爬上一顆竹子，站立其上，姿態是等待。金屬環大熊終於出現在竹林裡，一條長紅絲帶穿過他身上的每一個金屬環，把他的身體團團圍住。他把雙手把在身後，雙腳夾住一棵竹子，用力一蹬，身體翻過竹林，雙腳再度夾住另外一棵竹子。竹子在他粗獷的喊叫中抖落一身竹葉，只見一巨大身影在竹林飛翔穿梭，直到只剩下少女站立的那棵竹仍留有竹葉。金屬環大熊爬上一棵竹，與竹竿少女對望。

風止水死音樂休。

金屬環大熊一個噴嚏，在竹林裡颳起強風，竹葉飛入觀眾席。

我起身走進竹林，爬上竹子，一把剪刀把金屬環大熊身上的紅絲帶給剪開，然後拉起紅絲帶，交給竹竿少女。竹竿少女開始把紅絲帶往她身上纏繞，紅絲帶穿過每一個金屬環，發出蛇嘶聲響，直到金屬環大熊一絲不掛，竹竿少女喉間發出：「CITRUS GRANDIS。」

兩人擁抱，沒入竹林深處，留下長紅絲帶。

CITRUS GRANDIS，柚子。

終於輪到我和皮耶了。

稻田重新回到舞台上，皮耶在喧嘩背上開始吹奏陶笛，柚子的果香開始瀰漫整個帳棚，白色的柚子花一朵朵從帳棚上方飄落，馨香襲人。我穿過金黃稻田，閉著眼睛循著音樂前進。等我觸摸到象皮粗糙，我知道，我找到皮耶了。探戈音樂響起，我張開眼睛，皮耶正在象背上等我。我跳上象背，手指刮過他手臂上的刺青，抓住他的肩膀，開始兩人舞動。我們從象背上後空翻跳下，一路兩人身體推進，在阿根廷 Milonga 舞曲節拍裡，我們折腰踢腿，在快速的舞動裡，眼神從未離開彼此的注視。

掌聲炸開。

我在皮耶的肩膀上，準備一個後空翻落地，但是皮耶一個遲疑，我差點跌落在稻田裡。

我往皮耶的目光搜尋而去，看到了。

藍色眼影。

一個長髮中國女人，穿著緊身旗袍，臉上白妝，紅唇逼人。

她的藍色眼影，就是我第一次見到皮耶時，留在他腰間白色領帶上的那種藍色。皮耶一直不肯洗這條領帶，穿什麼褲子都是以這條領帶當皮帶。

皮耶不看我了。

觀眾起立鼓譟，掌聲在我的胸腔裡回音不斷。

整個帳棚開始下起雨，所有人都張開嘴巴迎接雨滴，原來是老闆最喜歡的啤酒。

我的名字叫做屁股。

我已經衝破我的車廂，往下面的河流跳。

爲了那不可測量的自由。

哥哥。是因爲你，我才有勇氣縱身往下。

這謝幕的一刻，我知道了什麼叫做嫉妒。

這是全然陌生的血液流動。

全然陌生的我。

那天晚上，當一切寂靜，女人帶走皮耶，整個島嶼在瑞雪裡睡去，我身體裡住進了巨大的憤怒，我亟需破壞。我跨過雪地，撬開修路工人的工程車，找到了挖路的工具，用盡我全部的力氣，把手上的機器鑽進那天剛鋪好的路段，直到整個路段出現許多坑洞。一條憤怒的路，在我面前展開。

一個憤怒的我，在下雪的這個夜晚，誕生了。

第二章 男孩

那一天，我沒有察覺到我的故事開始變質、出錯。

我把煙硝還給男孩。牡丹還給女人。愛情還給皮耶。墮落，我留給自己。

那一天，我確定我不是壁虎，而是屁股。壁虎柔軟順從，沒有憤怒不懂反抗；屁股發現了憤怒，且開始上癮。

那一天，我穿上了全新的態度。

那一天，我清楚看見風的樣貌。風是群鬼，魑魅精怪約好同一天圍城肆虐，從島嶼的每個方向呼呼來襲。第一批進攻的風是小卒鬼子，鑽進門縫窗隙，在光禿的樹枝上搖動示威。我在小鬼的騷動中醒來，身旁，已經沒有皮耶。皮耶，我的哥哥。

我的嫉妒。

首演之夜，幾百個香檳軟木塞在後台飛鏢放肆，打破化妝台鏡子，射穿帳棚，撞擊我的身體。所有人歡慶首演的成功，閃光燈喳喳齊閃，在我的瞳孔裡釋放暈眩煙火。每個表演者身上的彩妝都在汗流浹背中融化成河流，一路沿著臉龐、胸前、大腿、小腿滴落，把整個地板染成各種鮮豔的顏色，我在滑溜彩妝中滑倒，匍匐過笑鬧的人群，所有的顏色在我身上胡亂交媾，混成一片泥濘的灰黑。我尋找著手臂上的刺青，我的哥哥，我的皮耶。被搬到道具間的喧嘩標本旁，中國女人撫摸著喧嘩，身體陷入皮耶的擁抱。

「妳終於回來了。」皮耶的淚滴落在女人的長髮上，汗水在他顫抖的皮膚上跳動。

「我在報紙上看到喧嘩的消息的時候，我就想回來了。」

「我知道，我一直在等妳，我知道妳至少會回來看喧嘩最後一眼……」

「皮耶，弟弟是不是在島上？」

皮耶放開女人，但是雙手依然緊握著女人的臂膀說：「妳也猜到了。他一直還沒出現在我面前，但妳知道的，他總是知道怎麼在我最沒有防備的時候出現。現在妳來了，我想，他應該很快就會出現了。」

「沒關係，我不怕他，我看到他絕對不會像喧嘩那樣失控。那段日子，我早就走過去了。拜託，不要再哭了啦！聽說這次表演的票已經賣到了好幾個月之後，你每天都要哭，還是把眼淚留給舞台吧，不要每次看到我就是哭。」

「妳住哪裡？」

「鎮上的一個飯店。」

女人的話語是火柴，在我心裡的瘤擦出火花，瘤燒不盡，只是火紅鍛燒。我離開慶功派對，一個人走進雪裡，走回我的拖車。

那晚，以及今後的每一晚，皮耶再也沒回到我的拖車。

那晚，我覺得空。畫框失去畫作，彩虹失去顏色，鐵軌失去列車，烈酒失去宿醉。我打開母親給我的行李箱，汗毛豎立，一場暴風雨在額頭裡肆虐。這是我離開之後第一次，大規模地想念母親，那個我認識不到幾天的親生母親。母親的面容，在行李箱皮革的味道裡清晰無比。我撫摸著行李箱上頭的壁虎刺繡，母親，我需要妳，跟我說些什麼。跟我解釋我心裡這些無法辨認的情緒，或者只要跟我說一句：一切都會沒事的。

我等到觀眾散去，慶功宴結束，所有的拖車都熄燈沉睡，皮耶依然沒有回來。

我在瑞雪霏霏的掩護下，走出拖車，把身體裡沸騰的憤怒傾倒在這條山路上。路上的新坑洞，很快地被雪掩埋。突然打火機點亮的聲音劃破寂靜，我身後有人，一直靜靜地看著我破壞這條路。他身上的黑色皮大衣被雪染白，他點燃雪茄，香草的香氣伴著菸味蔓延。他開口說：「是恨我哥，還是恨那個女人？」他撥開長髮，一片烏雲停在他的右臉，世界靜謐，風雨欲來。

一把槍上了膛，預備一場硝煙彈雨。

隔天醒來，皮耶不在身邊。

小鬼之後，厲鬼開始圍攻這個島嶼。群鬼抓起房子屋頂的藍色矽孔雀石和藍晶石，還有人造的藍色沙灘，往天空丟擲。群鬼在天空把玩這些藍色，暴露了邪惡身態，一層一層堆高如海嘯，整個島嶼籠罩在藍色沙塵風暴。

在風的肆虐裡，我終於看清楚憤怒的臉。我，鏡子裡的我，想要抽菸想要喝酒想要把拳頭陷入某人的臉孔裡。我拿起床邊一張紙條，上頭手寫一個地址。

「放心，我不會跟任何人說這條路是你破壞的，我不知道我哥是怎麼跟你說，但你應該聽聽我這邊的說法，這個地址給你，是一個電影院，我是賣票的，找我很簡單。」

一台嶄新的拖車，在藍色風的呼嘯當中，運抵馬戲團。

我拖車裡從來沒響過的電話，突然尖叫。

「屁股，是你嗎？我是皮耶。」

我沒應答。

「風勢太大，我現在回不去，可不可以幫我跟老闆說，我演出前一定回去，我現在在飯店裡。屁股，我們昨晚的表演很成功……」

「你新的拖車來了，我現在就把你留在這裡的東西搬過去。」

我掛上電話，拿起油漆刷，走進風裡。藍色沙灘的細沙打在我身上，像是細針穿刺皮膚。我沾了藍色油漆，把拖車外皮上的那雙皮耶的手給快速抹去。

如同我的父親抹去我母親那樣。

我抹去了皮耶的手，卻抹不去女人。

在皮耶的堅持下，女人從飯店搬到了他的新拖車。她和馬戲團老闆一家人相識，在帳棚裡熱情擁抱。連續幾天我都刻意避開她與皮耶，我每天最期待的時刻，就是舞台上的那兩個小時。只有這短短的兩個小時，皮耶才是我的。其餘的時間，皮耶都和女人待在拖車裡，皮耶重新買了東方情調的家具，每天和女人忙著布置拖車，直到表演前才到後台跟我會面。

我正在帳棚頂端餵鳥，女人突然爬上鷹架，伸出手對我說：「天哪，這裡好高，眞不知道那些非洲人怎麼還可以這樣飛來飛去。屁股先生你好！我們終於見面了。本來我還以爲你一直在刻意躲著我，但皮耶跟我說你是個很害羞的人，所以我忍了幾天，還是決定主動來跟你認識啦！我叫做藍韶，藍色的藍，韶光的韶，是皮耶的前妻。眞好，在海外還可以遇到說同一種語言的人。」她依然擦著鮮豔的藍眼影，皮耶腰間的白色領帶，這幾天多了更多藍色彩漬。她握住我的手，長髮落到我的手臂上。「我很喜歡你們的表演喔！實在是很精彩，看你們跳舞，我都會吃點小醋，覺得你們實在是太登對了。」

不，根本不一樣了。妳出現以前，我們的探戈就只有兩個人，現在總是有妳橫在我們之間。不一樣了。

我開始在呑火娜娜留給我的筆記本上胡亂塗鴉。我不斷重複寫著皮耶皮耶皮耶皮耶皮耶，以書寫呼喊皮耶。但是皮耶沒聽到，他的探戈，是跳給女人看的，他在舞台上的哭泣不再悲傷，而是充滿著重逢的喜悅。

「妳和皮耶，爲什麼會離婚？」

「其實，我們根本沒有結過婚。」

「我不懂……」

「我們有過一場婚禮，不過那只是一場失敗的婚禮，不僅沒有法律效力，喧嘩還在婚禮上被騙走。但是，不管怎麼樣，我一直覺得我是他的妻子。皮耶是個好人，他救了我，給了我自由，我非常非常珍惜。」這是我第一次近距離看她，她年紀應該不超過三十，但是臉上的粉妝好像是一層刻意的紗，遮掩某種荒涼。是的，就是荒涼，不應該出現在這麼年輕的女子臉上的荒涼。

「妳為什麼會離開皮耶？」

「屁股，有些事，可不可以，等我認識你多一點，對你有了信任，才跟你說？我跟你老實說，我這個人很難相信人，皮耶跟『彩虹馬戲團』的老闆一家人，大概是我唯一信任的人吧！」

「妳認識他們很久了？」

「是啊，當初皮耶帶著我，是這一家人不跟我收任何費用收留我，給我飯吃，還讓我在每一場表演擺個攤位，賣我做的玉佩，還有我寫的書法。我跟著他們旅行了好多個國家，到哪裡他們都很照顧我，把我當家人。後來，我覺得我不能再靠任何人了，我決定離開皮耶，離開馬戲團。離開皮耶之後，我四處為家，每天就是覺得自由，窮了就賣玉佩，反正餓不死，真的是從小到大第一次感覺到自己屬於自己。」

我想起，那天晚上皮耶的弟弟對我說：「我就知道她一定會來，喧嘩死了，那個死女人一定會來。」

皮耶此時也爬上鷹架，就坐在我和藍韶中間，一手抓著我，一手握著女人說：「真好，我好久沒這麼快樂了，你們兩個都在我身邊，真希望永遠可以這樣。」我們三個並肩坐在鷹架上，下面的赤道熱帶是十丈軟紅，所有植物的騷動都關於生長，一不留神，小榕抽長比人高，睡蓮張開一臉狂放。

我口袋裡，騷動皮耶弟弟留給我的戲院地址。紙條是血蛭，以吸吮提醒我它的存在。我知道，那個地址，藏著皮耶沒有跟我說過的秘密。我看著皮耶腰間的那條污垢常駐的白色領帶，紅牡丹繡花被藍眼影染成藍牡丹，憤怒再度來襲。鷹架上的女人軟玉溫香，脆弱如薄玉，只要輕輕一推，只要我輕輕一推啊，不用花太多力氣啊，面前這個闖入的藍色眼影就會往下墜落，我會抓住皮耶的悲傷，不讓他墜落，恢復我們每天的兩人探戈。

日本少女開始把玩黑膠唱盤，一曲探戈被她混音成快速的迷幻樂曲。

我看著皮耶，決定接受口袋裡那個地址的召喚。

我要女人，墜落。

我當時不知道，我接受這個召喚之後，最後墜落的不是女人。

而是我。

一百多間廁所裡，沒有糞便尿液消毒液沖鼻，只有子彈發射之後，地雷引爆之後，一場戰爭之後，帶血的煙硝。

「我叫做 Garçon ，中文意思就是男孩。我以前很討厭這個名字，聽起來根本就像是個服務生。不過皮耶也好不到哪裡去，在街上隨便一喊，幾百個皮耶都會回頭看你，還是我比較特殊。所以，你就叫我男孩就好，簡單一點。」

男孩。近距離看男孩，我終於明白那煙硝味來自哪裡。男孩根本是一把槍，臉上陡峭斜坡的笑容是瞄準器，身上的黑色皮大衣是油亮槍身，臉上的胎記是彈匣，子彈裝滿隨時準備擊發。威脅，毀滅，隨時準備撲上獵物。

我照著地址，找到了這家電影院。暴風已息，整個小島到處都是藍色的細砂，在雪地上熒熒發光，從馬戲團山丘俯瞰，果真藍色斑斑紅塵，誘引人投身，一去便塵埃染色，出發時的初衷遺忘途中，再也回不去了。這個小島角落，是個紅色的十字路口：紅色的霓虹燈勾勒出女人的各種體態，紅色的路燈染紅積雪，紅色的布幔懸掛在每個櫥窗。櫥窗內，女人擺出各種姿勢，客人上門便拉上紅布幔，冷空氣被性的熱度加溫，我外套下的身體微微發汗。那張紙的地址，引領著我到了紅色十字路口的一條巷子，電影院就在巷底，壽命將近的日光燈盡責地閃爍僅剩的幾小時，映照出售票口一個皮衣男人，吹著口琴，等著我。

「我再幾分鐘就下班，你先進去樓上等我，我就住樓上。門沒鎖，我馬上就上來。」

我上樓，在沒有暖氣的公寓裡，走進了一百多間的男廁。牆上貼了一百多張的照片，全都裱在銀色金屬邊框裡。照片裡，是一間一間的公共廁所。鏡頭的角度都是透過門縫拍攝，抓取男人們站在小便斗前的背影。快速偷拍的瞬間鏡頭晃動，讓公共男廁的骯髒突變成華麗的畫面，黃色尿垢、青綠色斑駁磁磚、白色小便斗、牆上的小色情廣告，釉彩繽紛宛如流麗油畫。而那些胖瘦不一的男人背影，各自張開腿小解，鏡頭抓住了他們窺探別人小解風光的遮掩神態，許多男人伸手抓取彼此下部，或者獨自一人對著牆上的大胸脯女郎撫摸自己，還有拿了針筒往自己臂膀插的男人，在小便斗前吸食白色粉末的男人，抱著小便斗哭泣的男人，正在嘔吐的男人，各種膚色的男人全都沒有完整的正面，卻都背影立體，側身百態。

啪嚓。

我轉身，這些男人背影的偷拍者，用鏡頭拍下了我的背影。

「你的背影很有趣，很有故事，我很喜歡。我每到一個地方一定會拜訪當地的公共廁所，拍了幾千張，這些只是比較滿意的作品，我還開過一次展覽，一個來藝廊的人在照片裡認出了自己的背影，揮了我一拳。後來，我把他在廁所裡跟其他男人彼此摸來摸去的照片，全寄給了他的老婆跟小孩。」

男孩拿出打火機，點燃火種，丟進火爐裡說：「對不起，這裡根本是垃圾場，但我就是喜歡這種地方，別人不要的，我都當寶。」公寓裡堆疊著破舊沙發、缺腳椅子，還有數十盆枯死的植物屍體。

「我叫做，屁股。」

「屁股？哈！眞是爛名字，我喜歡。」

「爲什麼你的中文也講得這麼好？」

男孩點燃香草雪茄，撥開臉上的瀏海，露出右臉的大胎記說：「看來，我哥眞的沒跟你談過我。眞是，兄弟一場，結果最後恨死彼此。皮耶中文說得好，是因爲他是學漢學的，我中文說得好，是因爲我愛上了一個中國女人，所以發瘋似地學中文。」

「你說的是，藍韶？」

他指著一張照片說：「這張照片，就是我們一起拍的。我們躲在門後面，她一直擠眉弄眼跟我表示她快臭死了，我抓住她的手，按下快門。」照片裡的男人背影，右手臂上一行刺青。

「這是……」

「對，那一行字，就是在那一天我幫他刺上去的。就因爲這樣，他才認識了我的女人。」

「皮耶跟我說過，他搶走了你的東西，我猜，就是藍韶。」

「屁股，她不是藍韶。」

男孩指著另外一張照片，裸體的皮耶。

一間牆上塗滿金黃排泄物的馬桶間，關著皮耶與藍韶，兩人衣不蔽體，情慾在狹小的空間裡翻騰，完全不知有鏡頭對準他們。偷拍者是俯瞰的角度，藍韶胸前一朵紅牡丹，跟皮耶腰間的白色領帶上的牡丹刺繡一模一樣。

「她眞正的名字，是牡丹。」

我身體僵硬，回到了馬戲團。

皮耶裸身和女人糾纏的靜止表情，在我體內文火慢煮，湯水在鍋裡悶燒。我想像著他粗糙的雙手擠壓女人的身體，體內就幾百隻蠶蠕動，皮膚膨脹，指甲倍速生長，背上長出了濃密的毛。照片裡的皮耶，不是我熟悉的不菸不酒茹素之人，而是那間金黃富麗的廁所裡那個裸身男子，身體進入牡丹花蕊，閉眼享受波浪拍打，鼻孔流出潮汐鮮血。皮耶的那個表情住進了我的下部，我用手抽動下部如象鼻拍打嗡嗡蒼蠅，皮耶皮耶皮耶皮耶。我無法在這空蕩蕩的拖車入睡，我跑進帳棚裡的熱帶，觀眾席只有一盞微弱的燈亮著，燈下睡著金屬環大熊與竹竿少女，兩人裸身擁抱著，鼾聲在帳棚裡迴盪。一整片新插上的稻秧在昏暗中悄悄生長，我也找了個陰暗角落，躺下試著睡去。金屬環大熊身體就是一張床，少女在上面翻身，金屬環在黑暗中叮叮敲擊。

我才發現，那不是竹竿少女。

那是日本電吉他少女。

清晨，一隻鳳蝶停歇在我的鼻尖，以繽紛的翅膀拍動驚醒了我。我的身上，多了一條毯子，皮耶坐在我身旁，等著我醒來。

「雖然這裡面很熱，但我看你睡覺一直發抖，我就拿了毛毯給你蓋上。」

皮耶手上好幾顆切半的蘋果，引來鳳蝶停駐，在我們四周飛翔。我趕緊起身說：

「你怎麼知道我在這裡？」

「昨天晚上演出後，你就不見了，也沒有人知道你到底去了哪裡。我一直沒睡，半夜才聽到你的拖車有開門聲。我去敲門，你卻不在裡面，找你找了半天，才在這裡找到你。看你睡得很深，就決定不吵你。」

「你陪了我一整夜？」

「我也有睡著啦！我進帳棚的時候，看到金屬環大熊一個人在另外一邊睡覺，然後才找到你。原來大家都喜歡這個溫暖的帳棚，不喜歡睡拖車。屁股，有一封你的信。」

一個紅色雲彩紙信封，躺在皮耶的手心裡。地址的上頭，有一隻手繪的壁虎。

「負責收信的工作人員差點把這封信給丟掉，因爲根本不知道是寄給誰的。我剛好看到了，我想，這一定是你的信。」

我把信封貼緊胸口。

母親。

離開之前，我有把這個馬戲團的地址寄給母親。

信裡頭是一張素雅的手工卡片，上頭寫著：

一個人在外頭，平安最重要。我和你爸爸，一起祝福你聖誕快樂，新的一年更順利。

爸爸？一起？

我把卡片放進口袋裡。這是什麼意思？妳怎麼可以和他一起祝福我？

我的爸爸，早被我殺了。我沒有爸爸。

「家人寄來的卡片嗎？」

「嗯，沒什麼。」

「你昨晚，到底去了哪裡？」

「我們今天開始放聖誕假三天，所以我出去逛逛。」

「去哪裡？那麼晚，下次可以找我一起去……」

「關你什麼事，反正你現在有了藍韶。」我被自己的回答給嚇一跳，兩頰發熱。

皮耶語塞，沉默取代女人，在我們之間築牆。一夜噩夢，我身體依然僵硬。我身體如卡住的門突然被踢開，蠶竄出毛細孔，窄巷被我推開成街衢，我傾身緊緊抱住他。兩秒，一年，五年，廿年，這幾秒的擁抱把時間光速推向前，直到我失去力氣，放開了他。我擁抱他，但他並沒有把身體凹成等待讓我陷落，如同他擁抱女人那樣，只是僵硬以對。我沒了力氣，憤怒與赧愧交雜沸騰。我全身發燙，起身離去，皮耶抓住我說：「屁股，你很燙。你是不是在發燒？」他粗糙的手心像是一艘翻覆的船打在我額頭上，我一陣暈眩。「你在發燒，我帶你去看醫生……」

啊啊啊啊啊啊！

竹竿少女的沙啞尖叫，推開了馬戲團的大銅門，吵醒了每一個人。金屬環大熊被她拖進帳棚，她宛如女力士把大熊拋在舞台上，對著他吼叫，大熊只是一臉惺忪。這尖叫無關愛情，而是飽滿著痛苦，彷彿她腳下的溜冰鞋裡放了針刺。她穿著溜冰鞋在帳棚裡外四處穿梭，抓到任何人拉進帳棚一陣嗅聞，如狼犬尋物，牙齒露出，凶焰在散亂的頭髮上燃燒。她抓起了我和皮耶，從頭頂到腳跟仔仔細細地聞過一遍，嗅聞偵察。每聞過一批人，她就帶著儲存在鼻腔的人氣，往一臉無辜的金屬環大熊滑去，然後仔細地聞過大熊身上的每一個金屬環。沒有人知道她到底發生了什麼事，但我知道，她一定是在大熊身上的金屬環，聞到了檸檬香茅與榴連之外，陌生人的殘留。

日本電吉他少女，一直躲在舞台上方的ＤＪ台上。

比對過許多人之後，她頹喪地坐在地上，狼犬疲累，凶焰卻未熄。她的聲帶已經嚴重磨損，發不出任何聲響了。她皮膚瞬間變成白色，一頭黑髮淡成白色，嘴巴金魚開闔，說出一串無聲的預言，這次連皮耶也無法翻譯。

被竹竿少女從拖車拉到這裡的藍韶，看到了觀眾席裡的我和皮耶。這是我第一次看到她沒化妝的臉龐，蒼老令我心驚。她的眼角皺紋樹根延伸，皮膚乾燥如礫漠，沒血色的嘴唇布滿紋路，兩頰毫無血色，五十年的韶光被折疊濃縮，放進這張不到三十歲的臉龐。

「我擔心了你一個晚上，原來你跟屁股跑來這裡約會。」藍韶的話語捻著濃濃酸意，蒼白的臉色有了紅暈。

「藍韶，他在發燒……」

「發燒該去看醫生，你陪他一晚就能幫他退燒啊？我看，是你們兩個讓彼此發燒吧？」女人的語氣不再如往常溫柔，一瓣褪色的刺青牡丹，在睡衣領口露出來。皮耶放開我，往女人走去。

放開，捨棄，選擇。皮耶的舉動如此徹底，這放開的一瞬間，煙硝味從我的口中冒出來，槍管爆出子彈：「牡丹，我知道妳是誰。」

我開始變形。第一步：徹底殺死壁虎。

我丟下皮耶和牡丹，離開馬戲團，騎了腳踏車往這城市的紅色角落騎去。窄巷裡的電影院，有一個男孩呼喚著我。太早了，電影院關著門，門口慘澹的日光燈已經死去，

變形。

不再發光。我從售票口旁的樓梯上去，男孩的公寓門沒關，我走進去，和我自己的背影相對。

男孩把那天從我背後拍的那張照片洗成一張大照片，掛在玄關處。

「這麼早就來啦？我才剛下班不久。沒關係，我不睡覺的，剛好你來陪我。」男孩躺在破爛沙發裡，香草雪茄的屍體散落一地，整個空間裡瀰漫著濃烈的菸味。我身體發燙，在菸的薰染下，我整個人沉重如鉛，但是腦子思緒卻飄然輕盈，跟身體無法連結，往前走幾步，轉身伸手抓取，發現頭顱還在原地。公寓裡滿地廢物，我踏過針筒、粉末、與藥丸，陷入破沙發的破洞，睡意洶洶。但我閉不上眼睛，盯著男孩臉上的胎記看，彷彿整個人往那黑色胎記裡跳。

「你猜，死盯著我臉上胎記看的人，後來都怎麼了？」

「都被你殺了？」

「答對了！你這麼聰明，應該給你獎勵。我給你的獎勵就是，現在不殺你。」

我身體裡的火燒開了，熱氣從皮膚散出，熱水傾倒而出，我身上的禦寒衣物全都濕透。我開始一件一件褪去身上的衣服，對著男孩說：「你不用殺我，我也有一個胎記，但是不在臉上，而是在我的背上。而且我恨死了這個胎記，如果有機會，我要把那塊皮給撕掉。」

我背對著男孩，男孩注視我的胎記良久，然後用指尖滑過我的胎記，沿著胎記輪廓畫出壁虎形狀，發出笑聲說：「一隻壁虎！難怪我會覺得你的背影那麼有趣，原來衣服下面藏了一隻壁虎……」他的手冰冷如金屬，在我發燙的背部上用指甲刮著我的胎記，尖銳的痛楚裡，我竟然感覺愉悅。「我的胎記長在臉上，從小就被所有人嘲笑，我父母後來存了一筆錢，要給我去做雷射手術，但我決定不要做手術，我要留下這個胎記，然後報復那些所有嘲笑我的人，以後任何人笑我的胎記，我一定不放過他們。你呢？你爲什麼這麼討厭你的胎記？」

「你猜，知道摸過我胎記的人，後來都怎麼了？」

「也都被你殺了？」

「不，但是他們都死了。」

母親，人魚娜娜，女孩，還有父親。

喪禮，我生命中，最嫻熟的儀式。

男孩聽了，並沒有把手抽走，反而更加貼緊我的背說：「那好，我從來不怕死，死這麼有魅力，我看別人死，甚至都有點羨慕，現在我摸了你的壁虎了，我也被詛咒了是不是？我們就來比賽，誰先死。看是我先殺死你，還是你先害死我。」男孩把手上的雪茄往地板丟，點起一根細長的菸說：「上等大麻，要不要來一根？」

我搖頭說：「你可不可以跟我說，到底牡丹是誰？」

「看來，你眞的是愛上我哥了。我看你們在台上表演，那種離不開彼此的樣子，我就覺得那不是表演。我也從來沒看過我哥那個樣子，甚至當他把牡丹從我身邊搶走的時候，我也沒看過他有那種神態。」

「我沒有愛上他。」

「哈哈哈，這種謊你說給自己聽就好，說出來就是丟臉。牡丹，你想要知道牡丹是誰？她是我的老婆，我的紅牌，我的妓女。」

「妓女？」

「我開過一家妓院，外面看起來是刺青店，裡面是妓院，我有十個各個國家的妓女，我的第一紅牌就是牡丹。」

「她也是你的老婆？」

「我是被她給騙了，她是非法移民，跟著一整個貨櫃偷渡來歐洲。我是在街上找到她的，自己試用過後，就決定培養她成爲紅牌妓女，每天都有接不完的生意，讓我們兩個都賺了一堆錢，最後我還傻傻跟她結婚，讓她有了居留權，結果她竟然跟著皮耶跑了。」

我終於知道，爲何牡丹有一張老去的乾涸臉龐了。她每天要把身體隨時處於開張的狀態，歡迎所有付出金錢的男人進入，粉越擦越厚，眼影越來越藍，身體越來越張開，原本閉鎖的牡丹，在數千甚至數萬的男人灌溉下，骨骼成粗質木材，肉身成過期漬鹽臘肉，花蕊不再吸引蜜蜂採花釀蜜，花瓣失去原始花香，而有了銅臭。

「皮耶跟你一起經營妓院？」

男孩大笑，咳出眼淚說：「拜託，皮耶從小就只是個書呆子，頂多學學體操，是我們爸媽眼中最完美的兒子，他跟我開妓院，我還嫌他礙手礙腳！記得那張照片嗎？皮耶在妓院的廁所裡跟牡丹做愛那張照片。」

我記得，皮耶臉上那個不屬於我的表情。

「他那天來找我刺青，說要刺一行中文字，我就請牡丹用筆在他的手臂上寫下那一行字，然後我花了一整天把那些字給刺進皮膚。刺青的時候，皮耶完全沒有喊痛，他的眼睛，就只是一直看著牡丹。刺青完成之後，他就說他要買牡丹。」

皮耶。哥哥。

「結果，那一小時他們什麼都沒做，就只是在床上聊天。幾天後，皮耶偷偷到了我的妓院，和牡丹約在廁所。」

我身體再度開始僵硬，像是一塊燒紅的岩石。

「屁股，既然你不要這隻壁虎，要不要我幫你，把壁虎給徹底殺了？」

男孩，槍管。他會拿起刀，切開我的肉身，撕去我的壁虎。

「你要怎麼幫我？」

「別忘了，我是刺青藝術家，我可以在你這隻壁虎上刺青，直到壁虎不再是壁虎。」

變形的第一步，我毫不踟躕踏出去：「好，殺了牠，徹底殺了我的壁虎。」

變形第二步，電影院。

背上的稻田，滑膩的地板，滿地的衛生紙，各種形狀的男人，下跪的男孩。

「你要你的壁虎變成什麼樣子？」

我不知道，我眞的不知道。

男孩要我臥在一張金屬平台上，要睡要醒隨便我，照著他指示走就對了。我全身只剩下內褲，不斷發熱的身體貼緊冰涼的金屬板，發出冷水潑火炭的嘆息。我的背部顫抖著，沉寂已久的壁虎，面對自己的死刑，突然驚醒，吱吱吱吱吱吱吱。住嘴！我這次要徹底殺了你，你躲不了的。男孩拿出一盅金屬原料，往碗裡倒。他拿出針頭，用打火機燒烤，吸取黑色金屬液體，往我胎記刺下去。我身體因為痛楚抖動著，男孩壓住我的身體：「我有在裡面加麻藥，一下子就沒感覺了。我還給你特別加了獨家配方，保證你不但不覺得痛，根本會性高潮。」

牆上的百間公共男廁，漸漸地開始出現腳步聲。

「我看，我可以把這隻壁虎的四隻腳給塡滿，然後延伸出去，壁虎的頭跟腳也延伸出去，變成一個武器。」

腳步聲漸漸大聲，牆上那些廁所裡的男人，開始走動了。他們轉過身來，全部對著我微笑。他們插腰、三七步、雙手懷抱胸前，拉開的褲頭拉鍊，開始瀉出彩色尿液，黑白紅藍綠橙紫黃，全部往我身上傾倒。沙發的破洞爬出了幾個男人，全都以背影凝視著我的壁虎被處死刑的過程。針不斷進出我的皮膚，我的背部是肥沃的熱帶濕土地，男孩在我的背上插秧，稻苗一株一株種進我的身體，以男人的彩色尿液灌溉。我開始呻吟，哼哼唧唧，一整個鳥籠塞進我的喉嚨，充滿熱氣的丹田把夏天送進鳥籠，五臟九竅齊唱，我開始聒噪不休。

「跟你說了吧，被我刺青的人，沒有一個不上癮的。」

我睡去。夢裡，年輕的父親穿上母親的紅洋裝，化成一條蟒蛇滑溜爬過一片有百香果芬芳的草原，母親的身體戴上塔提亞娜的頭，跟著蟒蛇一路往前奔。他們來到了一個堆滿屍體的刑場，屍水成河，煙硝如霧，幾根剛發射的的槍管焚燒著，一個標靶上綁著一隻死去的、四肢被切除的、頭尾都被劊子手砍掉的，壁虎。

沒有人哭泣。

我醒在兩面鏡子前。男孩已不在，我身體冰冷，燒已退。窗外大雪茫茫，不斷有腳步聲從樓下的電影院傳來。兩面大鏡子立在我的面前，複製了無數個我的疲倦臉龐。我緩慢轉身，搜尋鏡子裡的背影。

壁虎已死。

一個尖銳的十字鏢烙進我的背影。壁虎四肢、頭尾都被黑色的紋身顏料覆蓋，兇器是十字鏢。

我穿上衣服，喉間乾涸。樓下不斷傳來膠捲轉動、座椅翻動的聲音，樓下的電影院開始放映電影。我思念著。我思念著。我不知道我思念著誰。我不知道有誰可以讓我思念。我的身體空蕩成無人的馬戲帳棚，沒有人，沒有人。

男孩。

我下樓找男孩，售票口沒有黑色皮衣身影，門口掛起一條鎖鍊。我跳過鎖鍊，往黑暗走去。我撥開層層的發霉赭紅布幔，進入了電影院，女人的呻吟聲漸漸清晰。銀幕上，一個女人坐在一個男人身上，清晰的特寫鏡頭，把男人陰囊的皺褶拍得一清二楚。那些皺褶在身體律動中變成海浪，男人的呻吟聲一波一波傳遍整個戲院。原來，這家電影院專門播放成人電影。我的瞳孔在黑暗裡慢慢打開，面前的人影開始清晰。這裡面，只有一個性別：男人。座位上，稀疏地坐著幾個男人，他們脫下褲子，眼神注視著銀幕上的陌生裸體，抽動著身體。兩旁的牆上，站了更多男人，他們的拉鍊全都拉下，露出巨大性器，雙手環抱，凝視著銀幕上變換姿勢的男女。滿地，都是衛生紙與保險套。衛生紙都已發黃變硬，踩在腳下彷彿被陽光曬乾的酥脆落葉。保險套裡有液體流動，猶如一顆顆洩氣的氣球，裝滿著過期發臭的性慾。我看到了男孩。他跪在一個粗莽大漢前，舌頭伸長，身上的黑色皮衣被許多男人的體液澆淋，在黑暗裡粼粼發亮。

銀幕上的女人，開始和另外一個女人舔食彼此，牆邊的男人們開始一手抽動自己，一手在鄰居的身體探索。男孩發現了角落的我，他的胎記在黑暗的電影院遁逃，長髮綁成馬尾，一張臉就是皮耶的輪廓。

「我要毀了你，我要讓皮耶知道，我會把屬於他的東西，一件一件毀掉。」

他跪在我面前，用舌尖扯開我的拉鍊。

突然我想到。

想到師傅。多年前的師傅。

那天，我即將初次登台，裸身和師傅浸在「失骨」熱水浴裡。那時，我還是壁虎。

此時，我。

我不知道我是誰。

螢幕上出現三男三女，電影院的熱氣開始波浪流動，每個男人喉間吼出亢奮。我聽到了，一個熟悉的喊叫。角落裡，兩個男人跪在金屬環大熊面前。

每個男人在那幾秒的頂點大聲喊叫，白色腥臭液體往地上噴濺，已經許久沒有清理的地板上，堆積著每一部色情電影散場後的男人遺留。我跌坐在地上，一雙手在黏糊的地板上顫抖，我看進我的手心，蜷曲的毛髮與黑褐色的液體，男孩張開嘴，開始吸吮我的手指。

我在男孩的舌尖裡，開始墜落。

我聽到了分裂的聲音。骨肉分裂，腦子與頭顱分裂，屁股與壁虎分裂。

我還看不到底。

墜落繼續。第三步，上癮。

聖誕假期結束，我在開演前兩小時才回到馬戲團。我褪去衣服，讓化妝師快速地在我身上打粉底。已經化好妝、暖好身的皮耶，出現在我化妝鏡裡，看到化妝師正試著用厚重的粉底遮蓋我背上的新刺青。

「天哪，果然眞的是他……屁股，整整三天，我到處在找你。」

我把腳掌拉抬到頭上，三天未曾伸展的身體，生鏽僵硬。我避開他的眼睛，拿起粉底往臉上塗，淡淡地說：「請問你找我有什麼事？」化妝師打完粉底離去，我背上的新刺青，在粉底的刺激下隱隱作痛。

「你聽我說，你不知道我弟弟到底有多危險，你告訴我，他在哪裡。」

我的新刺青，在粉底的遮蓋下依然清晰可見，我驕傲地看著我的十字鏢新胎記，有種新生的錯覺。「你不用急，他說，他很快會出現在你面前，你不用找他。」

道具組拿了柚子給我們，我拿了我那一半往舞台走去。皮耶追上，眼睛開始濕潤：「你不要這樣，我知道你在想什麼，我們都需要時間，現在情況眞的太亂，藍韶新年過後就要走了，我們會有時間好好談一談，想清楚……」

「皮耶，我聽不懂你在說什麼，觀眾開始進場了，我們該就定位了。」

從那天晚上開始的表演，我開始哭不出來。老闆與老闆娘氣憤地要求我哭，但我就是一滴淚都流不出來。舞台上，我變成侵略的表演者，與皮耶的肢體交纏變成攻防戰，我攻擊皮耶閃躲，戀人探戈變調。新年之夜，我們的表演延後開始，在掌聲中與觀眾一起跨進一個新的年度。在舞台上倒數秒數的時刻，皮耶抓緊我的手。倒數完畢，所有人開心互相親吻，香檳雨伴著黃色小花傾瀉而下。我甩開皮耶的手，爬上高空鷹架，和非洲侏儒們坐在高空鞦韆上喝酒。

新的一年了。

我俯瞰腳下的熱帶，一切已不同。我身體微微顫抖，懷念著男孩在我身上的插秧時刻。

我幾乎每天晚上都往電影院去，一下戲，我甚至不卸妝，騎著單車就往男孩奔去。隔天清晨，皮耶總是站在馬戲團門口，守候著我。

「帶我去見他。」

我只是用單車碾過他的守候。

幾個禮拜後，女人剪短了頭髮，準備離開了。離開的那天，她來敲我拖車的門。

「雖然我們都不喜歡彼此，但總是要說再見吧？」她不等我回話，一腳踏進我的拖車。她看我滿地的垃圾未清，自己找了空間坐下說：「你別招呼我，我們都不是假惺惺的人，這樣我們都自在一些。」

「好，再見。祝妳一路順風。」

「我還祝你新年快樂哩！我最討厭這些無聊的客套話。」

我們相視微笑，我問她：「接下來要去哪裡流浪？怎麼不留下來？皮耶需要妳，不是嗎？」

「不，皮耶不需要我，我上次離開就說清楚了，我不想再靠任何男人了，我要靠自己。況且，我的藍色眼影用完啦！這個免稅小島上沒有我喜歡的那個顏色，我要去買一整袋的藍色眼影，然後隨便搭上一輛火車，看火車能帶我到哪裡。終點站，我就下車。屁股，這是送你的，我親手做的。」她拿出一塊黃玉佩，上頭刻著「壁虎」。「我知道你不喜歡人家叫你壁虎，就像是有人叫我牡丹，我就會翻臉一樣。」

「那妳還做這個送給我？」我退一步，不肯收下。

「聽我說，我以前很荒唐，跟著 Garçon 做過很多荒唐的事。你看我的手。」女人拉開袖子，血管突兀，像是兩條崎嶇的路。「我跟著 Garçon ，每天注射毒品，你看我才幾歲，看起來就已經是這個樣子。我很感謝皮耶，他把我帶走，幫我戒除毒癮，離開那個恐怖的地方。我第一次遇到他的時候，他就跟我說，印度恆河的夕陽顏色有多麼誇張美麗，南美洲安地斯山的死火山有多壯觀。然後我就跟著他，騎著大象走了。屁股，Garçon 只會帶你往下沉淪，我看到了你的胎記，你的新刺青，也看到你每次表演完後就往山下跑，皮耶好幾次要跟蹤你，我都攔下他，因爲我知道你一定會發現，這條山路就這麼窄。不過，我也承認，我攔下他的原因之一，是吃醋。皮耶眞的很在乎你。」

她突然拉開我的袖子，看到了我手臂上的針孔痕跡。

「天哪！我猜的沒錯。你要停止！他只是在利用你對付皮耶！」

我的手臂上的動靜脈，種滿了注射過後的瘀青。秧苗開散，我在手臂上養著一方熱帶。

碰！

巨大的爆炸聲響，震碎了拖車的窗玻璃。我和藍韶衝出拖車外，一台拖車起火燃燒，開始爆炸。竹竿少女在雪地裡拿著火把，吃著榴連，站在起火的拖車前微笑著。

那是日本少女的拖車。

拖車的門把，被鐵條給卡住，裡頭傳出金屬環大熊的怒吼聲。眼看拖車就要整個爆炸，金屬環大熊抱著日本少女，撞開拖車窗戶，跌進雪裡。拖車即刻爆炸，飛出的碎片在風裡四處飄散。日本少女清醒過來，哭喊著：「吉他！吉他！」竹竿少女一臉勝利，把口中嚼過的榴連吐到雪地裡。

日本少女弓起背，貓似地撲向竹竿少女，兩位少女在雪地裡扭打成一團，拉扯彼此的長髮，用長指甲刮花彼此的臉。金屬環大熊要把兩人分開，卻只是被她們兩個揮拳擊中肚子，整個人飛到幾公尺外。兩個少女皆無聲，只有頭髮從毛囊扯開的聲音、以及皮膚被指甲劃破的聲音傳來。兩人在扭打當中陷入積雪，然後陷入泥土，兩個人的身體迴旋把土地越挖越深，直到警方來的時候，兩個氣喘吁吁的少女必須用繩索，才能爬出她們鑿出的井。被押上警車前，竹竿少女把一雙溜冰鞋脫下，露出一雙白晰的雙腳。她始終微笑著，把一雙鞋掛在金屬環大熊身上，然後食指穿過他乳頭上的金屬環，用力一扯，鮮血噴灑雪地。金屬環大熊沒發出任何聲音，靜靜地看著竹竿少女手指戴著染血金屬環離去。

當天，老闆和老闆娘把馬戲團交給三胞胎兄弟，趕搭第一班飛機前往泰國，尋找另一位溜冰的少女。

女人在一旁搖頭說：「聽到爆炸聲的時候，我還以爲是Garçon。我和皮耶在印度辦婚禮的時候，他就是把整個喜宴給炸掉，炸彈威力不強，但是很多人受了傷，等我們回過神來，喧嘩已經被他給綁架了。那時候，我就是贖金。皮耶當然不肯，但是我那個時候已經不怕他了。所以我一個人，沒讓皮耶知道，穿著我的紅色印度新娘禮服，去把喧嘩給贖回來。他看到我的時候，發現我整個人完全不一樣了，他可以一巴掌甩到我臉上，但我還是可以站得穩穩，眼睛死盯著他看。他可以強暴我，但是他用盡所有方法，還是沒辦法把我的大腿張開。他發現他已經沒有辦法傷害我，整個人歇斯底里，開始拿著小刀切割自己的手臂。我就自己一個人，牽著喧嘩離開。一個全身是傷的中國女人，牽著一隻全身是傷的大象走過印度街頭，隔天，我們的照片還上了報紙頭版呢！聽我的，屁股，他眞的是一個很危險的人，他用藥物控制我，有好幾年的時間，我根本就是他的奴隸。離他遠一點，跟皮耶坐下來好好談一談，我知道，他一直在等你。」

我想起男孩在我耳邊說的話：「太遲了，你進了這家電影院之後，你再也走不出去了。」

她把玉佩塞進我的口袋說：「收下，我不說客套話，但是我希望你總有一天，能跟我一樣找回自己，無論你是屁股還是壁虎。」

自己。

皮耶在雪裡和藍韶告別。面對別離，他沒有哭泣。女人在他的拖車外面，用毛筆寫下：「悲莫悲兮生別離，樂莫樂兮新相知」。

我想像著，那場婚禮。雨季的恆河畔，皮耶穿上長袍，腳打綁腿，頭纏頭巾，打上一條藍韶親手繡的牡丹領帶；藍韶穿上大紅沙麗，身上掛著黃燦燦的金飾，兩人騎著小馬慢慢往前。婚禮見證人就是喧嘩，牠身上披掛著金牌飾物，一路叮噹尾隨，整條恆河以最燦爛的夕陽祝賀這對新人。

直到男孩從後追趕上。他帶來結婚禮物，煙硝、砲彈、刑場。

計程車帶著藍韶往機場趕去，藍色眼影消失在雪裡，一場藍色的霧飄來，皮耶站在霧中，手握著腰間的領帶，良久不語。

燒到只剩下焦黑骨架的日本少女拖車，在霧裡靜靜冒著煙。

我望著兩個少女在雪裡挖出的洞，一陣暈眩。我在墜落。我依然還看不到底。

但我看到了皮耶。

皮耶抓住我浮腫的雙臂說：「我還沒失去你，對不對？帶我去見他吧。」

太遲了。

公寓裡的一百多間公共男廁，跟著男孩消失了。留下滿地的針筒，刺青的顏料灑滿地，窗戶全開，任憑雪花飄落，在公寓裡堆積。樓下的電影院，人去樓空，觀眾席裡堆滿了廢棄的電影膠捲，許多男人走進這條巷子，和我們一樣，尋找那個穿著黑色大衣的售票員。

「小時候，我們玩捉迷藏，我弟弟就是最會躲的那個。他躲起來就是一整天，直到我們開始著急，他就會突然出現，從我背後嚇我。」

「你們從小就不和嗎？」

「不，我一直很照顧他，什麼都刻意讓他。但是只要我在學校得到任何獎勵，他就會三天不跟我說話。他個性一直很強烈，有一個鄰居的三歲小孩，看到他臉上胎記突然大哭，隔天我在樓梯間裡找到他，他正準備把一個嬰兒推車推下樓梯，推車裡，坐著那個三歲小孩。」

我心裡那顆瘤，趁我不注意，在我體內滋生複製，擴散到每一個角落。我的雙手顫抖，頭不聽使喚地抽動，一根一根細針插入心臟。

原來，這叫做。上癮。

我需要男孩在我身上繼續插秧，把這顫抖給暫時驅除。

還不見底。

還繼續墜落。

當天晚上的表演，竹竿少女溜冰的段落由三胞胎取代，他們找來了百隻綠色鸚鵡，陪著他們滿場飛奔，爬上樓梯，原地旋轉，上下跳繩。神情落寞的金屬環大熊，一個人在竹林裡跳動，我幫他剪開的紅絲帶，沒有人接收。

柚子味道開始飄散，我和皮耶開始拉舉身體。觀眾席開始騷動，所有人目光不在我們身上，而是。

他來了，沒有失約。

男孩手上一疊紙，在觀眾席裡發送，最後乾脆滿天亂灑。工作人員見狀試圖阻止他，他則是靈巧地在觀眾席裡跳躍，繼續散發紙張。觀眾席開始發出驚呼，有人開始帶著小孩離場。紙張飄散到我和皮耶的腳邊，是照片，皮耶和牡丹在廁所裡的照片，還有我在電影院裡，靠著牆，褲子卡在膝蓋。這些無聲的快門，盜取了我和皮耶閉眼的皺眉表情。

照片繼續在空中飛舞，我和皮耶的探戈完全中斷。更多的照片飄到我們腳邊，不只我們，還有馬戲團的公共廁所，裡頭有金屬環大熊與竹竿少女，五個非洲侏儒與日本少女，三胞胎與日本少女，老闆與老闆娘，老闆娘與金屬環大熊，西班牙閹人和陌生女子。原來，男孩一直潛伏在馬戲團裡，在公共廁所不停偷拍。

完全沒有掌聲，觀眾一哄而散。

皮耶衝進觀眾席，幾拳埋進男孩的臉，皮耶說了一串我聽不懂的法文，男孩原本訕笑的臉開始扭曲。男孩一拳揮向皮耶，皮耶快速閃身，箝制住男孩的身體，一腳往他的手臂踏。我知道，皮耶也一定知道，男孩的手臂布滿了龍鳳刺青，色彩繽紛，其實是爲了遮掩那針頭蹂躪過的千瘡百孔。皮耶的腳在男孩的手臂上用力旋轉，引爆男孩的尖叫。皮耶放開男孩，頭也不回地走向我。

我看著表情痛苦的男孩，臉上的胎記開始蔓延，宛如白紙沾墨汁，隨即漆黑一片，直到他整個人全部被胎記給侵蝕。男孩看見自己的黑皮膚，失控地大叫，奔出帳棚，消失在雪夜裡。

永遠消失了。

但是我還沒見到底。

整個帳棚所有的噪音，往我的頭擠壓，我感到噁心，身體燒起火爐。

我昏了過去。

我醒在老闆與老闆娘的擁抱裡。我感到無比柔軟，意識清明，彷彿剛從最甜美的夢境醒來，冬眠結束，土撥鼠爬出樹洞開啓春天，伸懶腰歌頌甦醒。

「你整整睡了三天，我還真擔心你從此醒不過來哩！」皮耶剛把一束新鮮的花放進花瓶，白色小雛菊友善對我微笑著。

老闆和老闆娘跟醫生交談著，我才發現我身上連結著點滴。

「放心，你沒事，只是我弟在你身上打了太多亂七八糟的東西，醫生說你現在沒事了。」

「皮耶，馬戲團怎麼樣了？」

他聳肩回答：「還能怎樣？我們這個馬戲團真是愛出風頭，一下子死了一頭大象，一下子拖車爆炸，最後每個人的裸照都出現在隔天的報紙頭版，到底我們是請了哪家公關公司，讓我們的宣傳這麼成功？」

「所以，一切都沒事了？」

「傻瓜，如果沒事就好了。老闆才剛申請破產，我們根本演不下去了，贊助廠商都解約了，觀眾也都要求退票。但是，老闆決定，等你身體恢復，還有把竹竿少女保釋出來，我們一起再演最後一場，不管觀眾有幾個，我們要有個漂亮的句點，然後，大家原地解散。」

這是底了。我知道，這是底了。我重重地跌落，現在我感覺身體躺在實在的地上了。皮耶，在我身旁。

「皮耶，那天你到底跟弟弟說了些什麼？」

「喔，我跟他說，我從來看不見他的胎記，但是我一直一直看見他的醜陋，他可以一直醜下去，但是我不奉陪了，他已經用掉手中最後的把柄，那張照片全世界都看到了，從此以後，他再也無法傷害我了。」

「彩虹馬戲團」在拉摩島的最後一場表演，在陽光撥開雲層的冬日開鑼。我和皮耶騎著單車上山丘，發現總是修不好的山路，終於修好了，沒有封鎖線，沒有未乾的柏油，沒有罵髒話的修路工人，沒有坑洞，一路嶄新平坦。一輛載滿綠色柚子的卡車，從我們身邊超前而過。柚子的清香在山丘飄散，我和皮耶相視而笑。這眞的是最後一天了。老闆娘一家人決定回到印度去巡迴，先把債還清再說，皮耶邀我同行，但我婉拒了。

皮耶問：「眞的不跟我去？我們的表演，到世界各地一定都會很受歡迎。」

「眞的，皮耶，我不跟你們去了。老闆娘推薦我去法國的一家馬戲團參加甄選，我想去試試看。」

他的手放進我的頭髮裡，溫柔撥動：「眞好，我沒有失去你，你還在這裡。」

這最後一場表演，吸引了爆滿的觀眾前來，站票全部超賣，帳棚外還是一堆鼓譟的觀眾想要進場。表演開始，每個團員完整到位，以最充滿爆發力的肢體回報觀眾從不停歇的掌聲。

這一天，所有的表演者，都完全沒有化妝，每個人素顏以對，燈光以最自然的熱帶陽光色調灑在每個人的身上。這樣的道別姿態，我們都覺得舒服。

我和皮耶的最後一首探戈，在我們親吻當中結束。
那是我們第一次，也是最後一次親吻。我們都在彼此的嘴唇上，嚐到柚子的甜味。
然後，謝幕時，柚子終究分成兩半。
在柚子花的香氣裡，我告別了「彩虹馬戲團」，告別了墜落，告別了皮耶。

第三章 妹妹

五萬五千六百七十二個個沾滿宮保雞丁的髒盤子之後。

八千六百五十一個香檳杯子之後。

漢堡頂好飯店，柏林長春大酒家，布魯塞爾黃河快餐店，阿姆斯特丹揚子江酒樓，巴黎台灣飯店，尼斯香港酒店。

這是我的三年。

我如此計算著我的三年。

離開「彩虹馬戲團」之後，我沒有再加入任何馬戲團。我不斷地在各個城市的中式餐廳打工，端盤洗碗，炒菜燒飯。我的日記本上，計算了我洗過的髒盤子，收到了多少小費。我總是一個人，爬滿蟑螂的廚房角落的一張折疊床就可以安頓我，溫暖的夏天公園椅子上可以是我舒服的家，打烊後的餐廳沙發可以收容我的鼾聲與噩夢。每個餐館老闆都很喜歡我，我沉默寡言，辛勤做事，不奢求薪水，只求一個角落。我總是在看書，什麼書都看，只要是我讀得懂的中文書。我總是在學習，耳朵是海，歐洲各國語言匯流，我漸漸開始懂了這些陌生語言。餐館裡沒有人知道，我下了班之後，會在臉上塗上純白顏料，戴上小丑老闆送給我的餞別禮物：高帽子，找一個繁忙的城市廣場，做出一個軟骨動作，然後靜止，身體開始發疼才換另外一個動作。高帽子就被我擺在面前，等待著路過者的恩惠。我一雙眼睛，總是興味昂然地看著面前每一個來去的身影，以猜測在心裡建構這些陌生人的身世，樂此不疲。

在每個人的眼中，我是一個沒有過去的人。我沒有家人，沒有伴侶，沒有朋友，像是某個時空亂序，不小心一個切片被甩到這個時間點上，我從切片掙脫而出，忘了我來自哪一塊時空，名字也跟著時間亂烘烘的時間跑到另外一個時間點去了。

我每到一個地方，就會寄一張明信片給母親。

這是我和過去，唯一的連結。

我從不留地址，明信片上的郵戳是唯一可以追溯我的具體線索。明信片上，我總是字跡潦草寫下：媽媽，我很好，我剛到一個新都市，三天沒刮鬍子了。媽媽，我在巴黎，春天剛到。媽媽，柏林很冷，我一切都好。

我知道，這些流水帳會讓母親安心。

昨天，我剛剛寄出一張明信片：媽媽，我實現了和塔提亞娜的約定，一個小時前，我剛剛越過法國邊境，來到了摩納哥，蒙地卡羅。又是新的一年了，妳好嗎？雖然是冬天，但是這個靠地中海的海港，今天有溫暖的陽光。

很多年前，塔提亞娜和我約定過，要一起來這裡參加國際馬戲節，我一路從北海往南，這個海邊小城總是召喚著我。尼斯的餐館老闆給了我一張名片，我照著地址，找到了這家面對海港的「台北飯店」。飯店老闆一聽到我是台灣來的，馬上開心地說：「太好啦！在這裡很難得可以遇到同鄉啊！拜託拜託，可不可以請你下午就開始上班？今天有一團台灣來的馬戲團要來，我正缺人手哩！我餐廳需要人，房間清理也需要人，你能做多少就是做多少，薪水、福利我絕對不會少算給你。尼斯的那個老闆很推薦你，說你非常勤勞，我看，你就負責接待這個台灣來的馬戲團吧！」

台灣來的馬戲團。這像是從我身體傳出去的吶喊，繞行千里之後，多年之後，遇到了那個童年最初的那個藍色大帳棚，聲波翻行千里，潛靛海翻山岳，反射到我耳中，遙遠古舊，一首早被我遺忘曲調的歌。

馬戲團是要來參加蒙地卡羅國際馬戲節，幾個禮拜之後，超過五十個馬戲表演團體會在這個地中海小城聚集，參加爲期一週的馬戲節。這個馬戲節規模爲世界之最，在摩納哥皇室的全力支持下，每年都吸引頂尖馬戲好手前來競技，在每年一月的第三個禮拜，角逐金銀銅小丑大獎。

當天下午，台灣來的馬戲團來到了蒙地卡羅。一個戴墨鏡的女孩，牽著一隻黃金獵犬走下巴士，對著海港大叫：「萬歲！我終於來到地中海啦！」五個輪廓神似的男子也走出巴士，一起對著海港歡呼：「萬歲！萬歲！得金牌！」

女孩開始搬運行李，我上前幫忙，手拉住她的登機箱行李手把，但卻被她搶回去：

「你是誰？」

「我是飯店員工，我幫妳把行李拿到房間去。」

「喔！對不起，我還以爲你是搶匪哩！正準備要揍你一拳。謝謝你的幫忙啦，我習慣自己來，不喜歡別人幫我忙，謝謝囉。」她把登機箱從我手中拿回去，對著黃金獵犬輕聲地說：「漢尼寶，我們進飯店啦！」

五個男子快速地把巴士上的行李卸下來，身手快速矯捷，我完全幫不上忙，幾個大型表演道具立在路邊，引來行人側目。女孩在狗的帶領下，慢慢走上飯店階梯。一個男子把一箱行李重重地往地上摔，女孩聽見了馬上轉身對著男子大叫：「二哥！拜託溫柔一點啦！那一整箱都是我的化妝品，摔壞了我絕不饒你。」

「好啦好啦，不過是化妝品，女人眞麻煩。」

女孩隨手從口袋拿出一包餅乾，往她的二哥丟過去，正中頭部。

「啊！小妹！會痛啦！」男子看到我驚訝的表情，聳肩笑說：「我先跟你警告喔，我妹妹的眼睛根本沒問題，只是到處騙別人說她看不見，其實她的方向感是我們家裡最好的！」

女孩插腰說：「你再說！小心我整個行李箱往你丟過去。」

我才明白，漢尼寶是女孩的導盲犬。

「我看過你。」

這五兄弟的大哥，在飯店中庭盯著我說：「我一定在什麼地方看過你，你的臉我覺得實在是很眼熟。你以前在台灣，家在哪裡？」

「你認錯人了，在台灣我沒有家。」

飯店老闆把中庭清空，讓出一個空地，讓這一家人在中庭搭建起表演道具練習。道具是一條粗繩索，由兩棵檳榔樹拉開架住。五兄弟們在繩索下方搭建起一個廚房，菜刀鍋鏟爐具砧板碗盤樣樣齊全。兩週後，國際馬戲節登場，他們必須和其他國家的代表，在為期一週的馬戲節裡上台競賽，得獎的才能在最後一天參加大匯演，透過電視轉播到全世界。他們提早兩天到，就是為了適應場地，培養比賽心情。

「我就是覺得你面熟。」

「大哥，你一定是搞錯了啦，我來歐洲三年多了，一直沒有回台灣。」

「不，我確定我去年有在什麼地方看過你，但我就是想不起來……」

「去年，那更不可能，除非你去年人在歐洲。」

「不對不對，是在台灣。」

女孩在漢尼寶的帶領下，從飯店樓上的房間走下來。她聽見我和二哥的對話，從二哥的背後用力打了他的後腦杓說：「別煩人家啦！人家工作已經很辛苦，還要被你這種奇怪的台灣觀光客給騷擾，真是倒楣。」她轉身對我說：「對不起啦，一定是我大哥記錯，他是我們家最老的，他的記憶力大概只能有三天的期限，三天以前的，更何況是一年以上的事情，他是不可能會記住的啦，把他當笨蛋就好。」

「小妹！我才不是笨蛋！」

我注意到女孩會隨著人聲來源迅速轉換身體角度，不仔細注意很難察覺她是視障人。她和五個哥哥鬥著嘴，我發現她彷彿有預知聲音的能力，往往在另外一個人聲帶振動之前，她就已經整個人往那個方向傾斜。漢尼寶在一旁，安靜地看著女主人大聲交談。

女孩問我：「請問你，叫做什麼名字？」

「我沒有名字。」這是我的標準答案。

「哇！這實在是太特別了，你沒有名字呢！我眞羨慕你，沒有名字總比有個爛名字好，像我的名字就是『小妹』，很爛吧！很多人都以爲這是小名，其實就是我的名字，爛死了。」她脫下墨鏡，露出一雙眼睛。她的眼睛澄明無色，異常透明，彷彿兩片從未目睹過醜陋世事的純淨雲朵，飄到這張臉上不肯走。

「聽說飯店老闆派你當我們的助理？」

「對，你們需要任何幫忙，我就在這裡。」

女孩放開漢尼寶，雙手在空氣中舞動，摸索到我身旁的沙發坐下。這過程極快速，像是鴨子快速划水，找到目的地，靠岸停歇。她張開大嘴，呵欠出旅途的疲憊：「唉喲，我好累啊！時差眞討厭！這位沒有名字的先生，我喜歡你，你說話很簡單沒有廢話，每一句聽起來都像是實在的承諾。」

「那大概是因爲，我不太會說話。」

「不不不，我因爲看不見，所以對於人的聲音特別敏銳。你的聲音很特別，語調很平淡，音節很滄桑，我曾經在一個面對死亡的、很有智慧的人身上，聽到這種語調。但是你應該沒有超過三十歲吧？」

「那個很有智慧的人，是誰？」

「我爸。他去年過世了。他跟癌症對抗了三年，最後還是輸給腫瘤。他走之前，對我說：『小妹雖然看不見，但是，其實我一直都覺得，妳看到的其實比我們還多。』我那時候根本不知道我爸的意思。現在，我漸漸懂了。他從小訓練我走鋼索，我根本看不到，完全抓不到任何平衡點，但是摔了一千次之後，我整個人都因爲瘀青而變成藍色的，我就開始可以在鋼索上面慢慢走動。後來我根本可以把鋼索當作一般的地上，我就覺得我眞的可以看見往我飛過來的任何東西，那是一點點光，很微弱，但是我看見了，很難形容，反正就是一點一點的，好像是我聽人家跟我形容星星的那個樣子。唉呀！對不起，剛還說我哥煩你，其實我才最多嘴，還跟你說什麼光不光的，你一定覺得我是神經病，又瞎又瘋。」

「不，眞的，沒關係。我一直很喜歡聽別人說話。」

「眞的嗎？來，陌生人，給我你的手。」她拉住我的左手，攤開我的手掌，開始用手指在我的掌紋叢林裡來回：「我想睡覺的時候，幫人家看手相都會特別準，我以後老了不能再表演了，我一定去當算命師，我很神喔，尤其當我很累快睡著的時候。快，趁我還沒在這張椅子上睡著之前。」

她的手指突然變成焚燒的香柱，在我複雜的掌紋裡燒燙，我反射抽回我的手掌，卻被她牢牢抓住：「天哪，你的掌紋眞是複雜啊！我還是第一次遇到這麼多掌紋的人，根本就是沒有被開墾過的森林嘛！」她往我手心吹氣，香柱熄滅，她放開我的手，邊打呵欠說：「你需要人給你擁抱，但是不可以，人家一抱你，你就會碎掉。所以，這位沒有名字的先生，切記，千萬別讓任何人給你一個你很需要的擁抱。」

女孩身體陷入沙發，開始呼呼大睡。

女孩在沙發上睡了一夜，沒有人叫得醒，連五個兄弟齊聲在她耳邊喊叫都沒有用。我拿了毯子給她蓋上，大哥說：「謝謝你啊！我們家小妹就是這樣，一但她睡著，整間飯店被炸掉她都不會醒來。就讓她在這裡睡吧！漢尼寶會陪著她，你不用擔心啦！我們還是上去我們房間睡比較舒服。」

隔天早上我在廚房幫忙做早餐，端了一杯咖啡要去大廳找女孩，她已經不在沙發上。飯店的招待跟我說，女孩一大早牽著狗往外面去了。我趕緊到飯店外面找她，發現她和漢尼寶坐在碼頭上，幾艘遊艇正準備出航。我走上碼頭，她聽著我的腳步聲就說：「你是那個，沒有名字的人。啊！咖啡！拜託拜託，跟我說那是給我的！」

我把咖啡給她說：「妳的耳朵，眞是不可思議。」

她大口喝著咖啡說：「沒辦法，我一出生就是雙眼失明，我根本不知道所謂的『顏色』是個什麼東西，所以我其他的感官自然就比一般人敏銳很多。如果你也跟我一樣失明，我相信你會跟我一樣，以聽覺、嗅覺取代視覺。」

一艘遊艇的引擎開始啓動，船上的人們烤著起司，太陽剛起，像是沒煎熟的蛋黃，整個地中海金光閃爍，漢尼寶身上的毛也黃燦燦，起司的味道就該配上這種金黃色調。

「眞想知道，起司的味道，是什麼顏色。」

我從口袋拿出一袋從廚房拿的火雞肉，餵著漢尼寶說：「我記得在書上讀過，在路上看到導盲犬，不能因爲牠們長得可愛就跑去摸牠們，甚至給牠們東西吃，因爲牠們要專心帶路，不可以被胡亂干擾。但我想，漢尼寶現在沒有在工作吧？」牠搖著尾巴吠了一聲，專心咀嚼火雞肉。

「眞是太感謝你了！漢尼寶剛剛才跟我說，日出沒什麼好看，他只想吃早餐，我沒理牠，只是一直想要把地中海聽出個樣子。對不起啦，我難得出國表演，根本是個鄉巴佬。」

「不會啊，我也剛到蒙地卡羅，跟你一樣，還沒有機會好好看看地中海的樣子。」

「這次不管有沒有得獎，比賽之後，我都要去完成一件我在心裡計畫一輩子的事：我要一個人，去旅行。而且我哥他們都還不知道喔。你可不可以告訴我，一個人旅行是什麼樣子？」

「妳怎麼知道，我都是一個人旅行？」

「我從來，沒有在一個人的手心裡，讀到那麼誇張的寂寞。」

我撫摸著漢尼寶的頭，不知如何回答。

我其實不知道，什麼叫做寂寞。或許是夢境裡，常常出現的那個帳棚。帳棚裡，沒有觀眾沒有燈光沒有任何人，但就是有震耳欲聾的掌聲不斷迴盪。我不知道從什麼時候開始，我的夢裡不再有任何人影出現，房子是空的，草原是空的，海灘是空的，島嶼是空的，路途是空的。我開始記不住許多人的面孔，過一段時間忽然照鏡子，總會有看到陌生人的懼怕。我臉龐太久沒有笑容拜訪，一張臉開始急速老化。因爲少了馬戲團的密集肢體訓練，我的體重逐年下降，幾年前突出的胸肌消失了，從小嚴格體能建構在腿上留下的線條消失了。如果這就是女孩所謂的寂寞，那麼寂寞，正一天一天打掉我身上的磚塊。總是在夜裡，我會聽到磚塊一塊一塊從我身上被敲掉的聲音。

飯店中庭的舞台已經搭建完畢，兩棵檳榔樹之間不僅有條繩索，還有一塊木板吊在空中，其下的廚房已經搭建完畢，十幾張小凳子擺放前面。他們邀請了飯店住客當觀眾，準備開始第一次的彩排。

女孩和漢尼寶，從樓梯走上了檳榔樹頂，女孩走上繩索，漢尼寶走上木板。五位兄弟穿上廚師的白制服，在下面的廚房待命。漢尼寶「汪！」一聲，開啓了整段表演。女孩深呼吸，放開欄杆，開始平衡走繩索。下面的五個兄弟每個都戴上黑眼罩，在看不見的狀態下開始動作：大哥拿兩支剁刀開始剁蔬菜，二哥手上耍著十顆蛋，三哥手上的鍋子開始熱油，四哥用水果刀非常快速地削一整籃蘋果而且皮不曾斷裂，五哥邊拉著二胡邊用腳開米酒瓶。女孩非常快速地站在繩索正中央，安穩如山，漢尼寶就站在她正後方和繩索平行的木板上。

女孩說：「右邊！」漢尼寶叫一聲。

「左邊！」漢尼寶叫兩聲。

二哥在空中把玩十顆蛋，打進碗裡交給大哥，大哥把剛剛剁碎的青椒與蕃茄丟進蛋裡交給五哥，五哥用腳拿打蛋器攪拌蛋與蔬菜，然後丟給三哥，三哥把蛋丟進熱鍋裡，大火起鍋，一個圓形的煎蛋飄出香味，四哥拿出一個盤子，突然往上一丟，漢尼寶「汪汪」兩聲，女孩伸出左手接住盤子，身體搖晃但馬上穩住重心，又一個盤子往她拋去，漢尼寶趕緊大叫一聲，女孩伸出右手接住盤子，身體在繩索上移了一大步，引來了圍觀者的驚呼。女孩把兩個盤子往上一丟，整個人突然一個後空翻，雙手抓住繩索倒立，兩個幾乎落地的盤子被兩位哥哥接住，盛上煎蛋，淋上醬油，傳給現場圍觀的觀眾品嚐。

掌聲混著尖叫聲，響遍整間飯店。

少女在繩索上不斷變換動作，一會兒平躺，一會兒單腳站立，一會兒左右兩邊快速走動，五個戴眼罩忙著做菜的兄弟不斷地把東西往上丟，她都來者不拒，樣樣接收，削好的蘋果被她在空中咬住，剛洗乾淨的花椰菜被她兩腳夾住，連檳榔果實也能被她精準接住，繩索對她來說不是只有幾公分寬的限制，她動作快速靈巧，彷彿腳下寬廣道路，任她奔跑任她翻跟斗。

很快地，一道又一道的菜擺上桌，大哥突然把手上的兩支剁刀往上丟，鋒利的刀切開空氣，往女孩的身體飛去。在每個人的驚恐尖叫當中，女孩在繩索上騰空往上跳，兩手接住剁刀，下面的每個哥哥都丟下手上的任何廚具，排成一列，穩穩地接住快速落下的女孩。

我忍不住，整個人跳起來，跟著觀眾吼出興奮。我已經很久，沒有聽過掌聲了。我已經很久，沒有看過這麼精彩的表演了。女孩在繩索上的跳躍，在我胸腔裡踩爆地雷，多年沒有任何音符的五線譜，突然出現許多吵鬧的全音符，齊唱著莫名的激動。

哥哥們把眼罩拿掉，開心地把小妹的身體往上丟。

突然，大哥對著在一旁激動拍手的我大叫：「我想起來了！我想起來你是誰了！你的名字，叫做壁虎！」

我把餐廳裡所有的碗盤，從洗碗機裡全部拿出來歸位，瓷盤相擊，在深夜無人的飯店廚房發出清脆的聲響。我鍾愛這樣的時刻，所有員工都已離開，我一個人把廚房打掃到最乾淨，如同我小時候，清理動物柵欄一般。白日的油煙被我親手清除，所有的剩菜剩飯堆放在垃圾袋裡，諸多濃郁香氣混雜，散發出對我來說幾乎是幸福的大鍋菜香氣。總是在此時，我開始飢腸轆轆。我只開一盞燈，在燈下吃自己加熱的食物，腦子裡往事亂序，如同盤中蝦子配巧克力蛋糕，在味覺衝突的咀嚼裡等待睡意。

漢尼寶突然闖進廚房，往我身上撲，搖尾巴吠出興奮。女孩慢幾步到，不小心撞到了堆在地上的鍋子，整個人跌在地上。我趕緊扶她起來：「妳沒事吧？」

「討厭的漢尼寶！他平常根本不會這樣的，他都會帶我到目的地，我給他指示他才會放鬆，但是看到你他就失控啦！你看他多喜歡你。」

我已經好幾天沒看到他們，自從那次中庭彩排之後，我跟另外一位員工換了工作崗位，不再跟著這團馬戲團練習，而是躲到廚房裡洗碗盤，避著不跟他們一家人見面。

「不過，我終於找到你啦！我跟漢尼寶說，火雞肉，帶我去找火雞肉，牠就一路拉著我來到這裡啦！請問，我們現在在哪裡啊？」

「飯店後面的廚房。」

「哇！原來你躲在這裡這麼多天，都在吃好料！你在吃什麼，我也要！」

我開了火，從冰箱裡拿出蝦子，加入沙茶辣椒大蒜綠芥末，一盤辛辣的火炒地中海蝦。女孩興奮地大叫，開始大快朵頤：「哈哈哈，你怎麼知道我最愛吃辣，又最愛吃蝦子？我是個瞎子，又愛吃蝦子，眞是諷刺啊！」

「妳不是瞎子……瞎子不會在半空中接住菜刀，妳根本是武俠小說裡的女英雄。」

「哈哈，其實我也這樣覺得，昨天還有一個法國人跟我說，我的中國功夫很棒。拜託，我根本不會功夫好不好，我只是不想被菜刀給砍死，所以無論如何一定要接住啦。」她吃光一整盤的蝦，話鋒一轉：「我要代我大哥，跟你道歉。」

「道歉？道什麼歉？」

「我想，他可能冒犯了你。他堅持說他去年在台灣有看到你，但你人根本在歐洲，除非你有雙胞胎兄弟，或者根本有個複製人。」

「我沒生氣，眞的，如果大哥覺得我生氣了，請幫我跟他說一聲，但我眞的沒生氣。我只是……我只是……」女孩面對著我，一臉澄明。我無法對她說謊，我找不出任何理由。

「沒關係，你不用跟我說。但是我要跟你說一件事情喔！雖然我才認識你不到幾天，但是我已經把你當成朋友啦！漢尼寶也一樣喔！」漢尼寶聽了輕吠一聲，繼續吃他的火雞宵夜。

「爲什麼，給牠取名叫『漢尼寶』？」

女孩清清喉嚨，把嘴巴裡的蝦子全部呑嚥下去，開始對著我說故事：「漢尼寶，出生於西元前兩百四十七年的北非迦太基古城。他是個有名的政治家，最重要的是，他是個將軍。他最有名的一次戰役，就是他騎著一群大象，從西班牙出發，越過庇里牛斯山，然後穿過險惡的阿爾卑斯山，到達義大利北部，在特拉比亞河打敗了羅馬軍隊。他是歷史上，第一個騎著大象越過阿爾卑斯山的將軍喔！」

大象。

「我小時候從我爸那邊聽到這個故事，就決定有一天我也要騎著大象越過山頭。現在當然知道不可能啦，但是，我給我的導盲犬取名叫做漢尼寶，我要帶著我的漢尼寶，一起從西班牙出發，穿越法國，到阿爾卑斯山去。我知道這很難，因爲我看不見，但還有什麼比在半空中接菜刀更難的事呢？所以，我一定要辦到！」

女孩語調高昂，臉上泛光。我毫無疑問，很確定她一定可以辦到。

「對不起，我還是要請問你，一個人旅行的感覺到底是什麼？我從小就是被一群人包圍著，爸爸還有五個哥哥，每個男人都把我當作寶物寵，我從來沒有時間可以好好自己跟自己相處。」

「一個人旅行，很不容易的，小妹。我是因爲沒有家，所以不得不這樣做。我才羨慕妳，有個家，有那麼多人包圍著妳，這是很幸福的。」

女孩抓住我的手臂說：「唉喲，不要叫我小妹啦！等我完成這個夢想，我一定從阿爾卑斯山打電話給你，告訴你，從此以後不准繼續叫我小妹，請叫我漢尼寶將軍。」

我鞠躬向她敬禮說：「漢尼寶女將軍好！」

一抬起頭來，她已經趴在桌上睡著了。她嘴巴喃喃：「不要讓人家抱你……不要讓人家抱你……」

蒙地卡羅馬戲節，正式登場。

全球各地頂尖的馬戲好手齊聚一堂，讓這個海邊小城突然之間多了許多馬戲歡樂氣氛：在場的吃角子老虎機器前不再只是穿著名牌的時尚男女，還多了紅鼻子小丑，失控豪賭的結果是，帶給人歡笑的小丑坐在賭場前大哭，哀悼一輩子的積蓄毀於一旦；碼頭的帆船上出現了呑火的表演者，結果波浪一打，船身傾斜，火炬打到船帆上，整艘船燒起來，逼得所有人穿救生衣跳船；法國餐廳裡，出現倒立練習吃生蠔、喝紅酒的參賽團體，紅酒在體內作亂，打破了一整桌價值不菲的水晶杯，倒立者留下來洗一個禮拜的碗還免費在餐廳裡演幾週才夠賠償金額。整整一週，這個靠海山城被一層彩色魔幻的氣氛籠罩。

就在準備上場表演的前一天，漢尼寶感冒了。牠前一天跳入地中海游泳，回來之後還好好的，隔天就發燒了。在最後一次的排演，牠根本叫不出任何聲音，少了導盲犬的引導，女孩根本沒辦法辨別往她飛過來的物件的方向，盤子砸在地上，雞蛋掉滿地，彩排失敗。

女孩站在繩索上大喊：「唉喲，我們排練了多久啊！明天就要登場了，一切都毀了！」

最後一次彩排，五個兄弟卻連一道菜都沒有做出來。

「我來，讓我來當狗。」

所有人把目光迎向我，我爬上檳榔樹，坐在剛被獸醫打一針的漢尼寶身邊說：「漢尼寶明天大概是不可能上場了，我看過你們排練過幾次，我相信我可以取代漢尼寶，雖然我沒有牠那麼可愛的叫聲，但是，我會軟骨功，我可以在這塊木板上做出軟骨動作，然後給小妹指引左右，我可以是整個表演的一部分。」

大哥突然大叫：「軟骨，我就知道！你就是……」

女孩把手上的一顆蕃茄往大哥的身上丟：「大哥！求求你，不要再說了！」

彩排重新開始，漢尼寶被抱到房間裡去休息，我簡單暖身之後，和女孩爬上檳榔樹。

「漢尼寶女將軍。」

「沒有名字的怪人。」

我們手牽手走上繩索與木板，她平衡站住，我單腳站立，另一腳掌頂住後腦杓，拍手一下，右邊；拍手兩下，左邊。

我閉上眼睛，在心中倒數五秒。五。我等待掌聲。

四。在我面前，態度最重要。
三。母親身上的紅。
二。皮耶那充滿柚子味道的吻。
一。塔提亞娜的白色皮膚。
零。

我張開眼睛，三年了，距離上一次我登台表演，已經三年了。這個圓形的馬戲帳棚，充滿了孩子的歡笑，與比賽的緊張氣氛。八人的評審小組就在前方，皇室家族一身雍容坐在觀眾席裡。我用金色顏料塗滿全身，如同我小時候，第一次和父親在「達芬奇馬戲團」登台時一模一樣，只是頭上多了一頂小丑老闆送我的高帽子。黃金獵犬不能來，我以一身黃金代替牠。五哥手上的蟒皮二胡開始在帳棚裡散發音符，雞蛋開始往女孩丟，我是整個表演唯一看得見的人，在女孩身後做出所有我學過的高難度軟骨動作，眼睛凝視著往檳榔樹上丟的各種東西，嘴巴配合掌心敲擊：「左！右！」

當女孩從繩索上跳出去，兩手接住菜刀的時候，我忍不住開始在木板上劇烈顫抖，兩棵檳榔樹也跟著我顫抖。掌聲當中，連結我身體每一根骨頭的傷疤開始裂開。我是如此地想念這一刻，掌聲因爲我的表演而炸開，這些觀眾都是證人，目睹過我的存在。我也是如此憎恨這一刻，每一個手心敲擊都提醒了我從小到大，在馬戲帳棚裡發生過的各種往事，帳棚對我來說幾乎等於詛咒，實在有太多太多不堪了。我知道我根本迷路了，從台灣出發，從拉摩島一路向南，我終於來到這裡，還登上了這個馬戲界最重要的國際馬戲節的舞台，但我根本覺得迷失，千萬里來時路根本狂瀾傾瀉，我眞的走不下去了，我眞的走不下去了，前面眞的沒有路了，我眞的沒有名字了。

我眞的找不到一個家了。

我摘下高帽子，從裡頭抓出。

一塊黃色的玉佩。

藍韶送給我的玉佩。上面的「壁虎」刻字，卻消失不見了。

一週的比賽過去，我們被通知得了銀小丑獎，將在比賽最後一天和各個得獎的團體一起登台，屆時許多國家都會在電視上實況轉播，飯店老闆爲了慶祝，包下一艘遊艇，請來一堆賓客出海慶祝。月沉地中海，刺涼的海風雜衣香，每個賓客都一身華麗，飯店老闆也幫我找來一套西裝，在船上不准我當服務生，而是暫時當個馬戲明星。

女孩換上了粉紅小禮服，感冒好很多的漢尼寶則是聲音沙啞地在船上四處對著賓客手上的美食吠。女孩靠著欄杆，聽著遊艇上的爵士樂隊演奏，海風在她長髮裡嘉年華。

她對我說：「聽說你今天看起來很帥呢！只可惜我就是看不到，否則我搞不好會覺得你很醜。」

「哈哈，這我不確定，但我可以很確定，妳今天晚上很漂亮，小妹。」

「這還用你說！剛剛幾個端點心的服務生從我前面經過，我雖然看不見，但是我聽到他們心跳加速，身上的汗毛統統站起來，呼吸節奏亂掉，都一定是因爲我啦！唉呀！眞希望可以看到你做軟骨功夫，我哥他們都說你超級專業，身體根本就沒有骨頭，我們可以得獎，都是因爲你的幫忙，只可惜我什麼都看不到。例如海浪打在船上，是什麼顏色？船在海上漂浮，是什麼樣子？唉呀！我眞的是完全沒有辦法想像，腦筋裡沒有任何影像可以讓我想像。你知道嗎？我在夢裡的時候，也是看不見的！一切都是一片漆黑，只有聲音，就只有聲音。」

啪！遊艇突然停電，引起尖叫。月光昏暗，所有賓客都在慌亂中撞到桌椅，杯子碎裂的聲音不斷傳來。

女孩在黑暗裡抓住我的手說：「拜託，不過是停電嘛！我一輩子都活在停電的世界裡，這算什麼。跟我來，我帶你去拿點心跟酒，我們今天一定要喝到吐！反正我們就在船上，想吐就往海裡吐，還順便餵魚，眞是方便哪。」我在她的帶領下，閃過驚慌的人群，跳過灑了一地的紅酒，避開一個三層大蛋糕，踏過幾個摔倒在地上的賓客，來到了甲板後方的廚房，這裡擺放著還未端出去的點心。她說：「哈哈，這下好啦！只有我們而已，誰都別想跟我們搶！」

「小妹，妳都計畫好了嗎？」

「噓……小聲一點啦！我哥他們全部都不知道，我們的計畫是明天表演完，隔天就回台灣，但是我那天早上就會先走。所以我需要你的幫忙，帶我去公車站，我要坐車去西班牙，開始我和漢尼寶的遠征之旅！」

「妳眞的沒問題？我在想，我可以跟飯店老闆請假，帶著妳去……」

「笨蛋！我就是要一個人！我還以爲你一直都懂！」

我當然瞭解。我也知道，不久的將來，一通電話會打到這家靠海的飯店找我，是從阿爾卑斯山打過來的。

只是，我知道，我將不會在這裡。

「小妹，我的名字一開始叫做壁虎。」

她察覺了我聲調的改變，皺著眉頭傾聽。

「後來，我改名叫做屁股。但是，現在我沒有名字。」

她笑開來說：「哇！你爲什麼突然，態度變得這麼認眞？」

「我要妳記住我，在這麼短短幾個禮拜裡，能夠認識妳眞的很開心。我也終於知道爲什麼我會在這個時候來到這裡，因爲有一場表演等著我。這是我最後的一場馬戲表演，能跟妳同台，我感到很滿足，我要謝謝妳。」

女孩聽著聽著突然哭出來，緊緊抓住我的手臂不放：「你聽起來，就好像被棉被蓋著的收音機，慢慢小聲……好像……就好像我爸走的那一天。」

收音機的音量。

「所以，我要先跟妳說再見。」

「啊！你不會，現在就從這艘船跳下去自殺吧？」

我哈哈大笑：「拜託，妳以為我要自殺啊？笨蛋，我如果要自殺還會告訴妳嗎？況且，小時候我看過我媽自殺，我不可能重複那種表演。」

音量，漸漸微小。

我的最後一場表演，漢尼寶和我一起爬到檳榔樹上，接受觀眾的歡呼。七彩燈光化成指甲銳利的爪子，在我身上抓出各種抓痕。這是我最後一次化妝了，這是我最後一次登台表演了，這是我最後一次在掌聲裡存在。

觀眾席裡，一個賣棉花糖的小男孩和我對望著。我深深一鞠躬，把高帽子往他丟去。

正式，和帳棚、舞台、燈光道別。

我用存款，請了一個司機開車，載女孩越過邊境，穿越法國，往西班牙去。

車子在清晨的地中海岸等著我們，女孩一身輕便，感冒已經痊癒的漢尼寶引領著女孩過馬路，走上人行道，我靜靜地跟在後面，想像著女孩牽著黃金獵犬，登上下雪的阿爾卑斯山的畫面，沒有視覺不代表沒有雙腳，這是女孩與這個世界的戰爭，她用黑暗抵抗光明，沒有一座山一道橋一個城市可以擋住她。

「妳真的，完全沒跟哥哥說？」

「廢話，不然我現在還可以站在這裡喔！你，壁虎屁股先生，就是我的證人，你負責跟他們說，我一個人旅行去啦！叫他們放心，我一定會回到台灣，請他們等我。」她獨自把行李放上車，不讓司機幫忙，我在一旁觀看，知道她絕對不肯我出手幫忙。

「你幫我請這輛車，到底有沒有很貴啊？」

「小妹，我不知道該送什麼禮物跟你道別，這輛車，就只是我給妳的小禮物，算我送妳一程。」

我蹲下來擁抱漢尼寶：「漢尼寶，你要好好照顧小妹喔。當然，你自己也要照顧自己，不要再感冒了。」漢尼寶用舌頭在我臉上舔著道別，我起身對女孩說：「我剛剛抱了漢尼寶喔，妳不是跟我說，不要讓任何人擁抱我嗎？」

「唉呀！狗不算啦！」漢尼寶聽了對她吠一聲，然後整個身體前肢騰空，緊緊抱住我。我緊緊回抱漢尼寶，身體出現了小小的雜音。

女孩牽起我的手說：「我知道我說過不要讓任何人抱你，但是，我現在實在是很想很想很想抱你一下。還是不要好啦，依依不捨，好噁心喔。」

清晨的地中海，吹起了冷冽的寒風，畢竟是冬季，我身上的單薄外套擋不住低溫。我突然用力把女孩拉進我的懷抱，牢牢抱住她，感受她溫軟的身體。三年了，三年了，我沒有跟任何一個人這麼近距離接觸。我所有的毛細孔如熱水中爆開的蛤蠣，蚌殼裡的淤積沙子全部一下子傾吐而出。我全身上下的每一根骨頭都咯咯騷動，敲打著皮肉。女孩的溫度擴散到我的身體、人行道、碼頭、地中海，海水溫暖沸動，樹葉稀疏的行道樹錯以爲夏天已回歸，瞬間長出綠葉新芽，寒風靜止，路燈的瓦特突然暴增，人行道上的磚頭地震般跳動。我閉起眼睛，靜靜地傾聽山城在這別離時刻的亂序，突然看見了光。

光。

在柏林，我曾經在一家盲人餐廳的廚房打工。那家餐廳服務生全部都是盲人，顧客在點完菜之後，就必須被帶領到伸手全不見五指的餐廳，身上所有會發出任何光的配件都必須拔除。盲人服務生在黑暗的餐廳裡上菜，耐心地告訴緊張的顧客，叉子在十點鐘方向，刀子在兩點鐘方向。每個顧客不能仰賴視覺，只能用味覺與嗅覺品嚐面前的食物，往往在口中嚼了半天的東西，多吃幾口才會叫出：「這是蝦子嘛！」餐具掉在地上是常有的事，這些盲胞服務生總是能夠迅速在黑暗中拾起掉落的刀叉。我試著在那黑暗的餐廳裡待過，傾聽每一桌客人的不安騷動。久了，我自然地閉上眼睛，發現自己無所畏懼，彷彿世界運行本該如此黑暗色調，不應有光。

此刻，我閉上眼，看到了女孩所謂的光。

點點透明，在黑暗中綻放。這不是我們所謂的光。這是一種能量，在黑暗裡聚集，斑斑指引，梳理身上的每一條神經，不再有分叉髮絲，一切柔順，安定。

在這光裡，我身體終於完全放鬆，吉他放開弦絲，樹木放開果實，地球放開重力，山頭放開冰河。

累積三年的瘤，爆發了。

我是一張陽光曬乾的枯葉，女孩一抱，碎裂。

我開始發熱，劇烈嘔吐，全身盜汗，口腔念珠菌蔓延，肛門擴張，開始猛爆腹瀉。

在女孩響徹地中海的尖叫聲當中，我整個人癱軟。

光。

光裡，我覺得幸福。

尖銳細碎的人語扎進手臂。晃動的光。吸血鬼針筒吸取我的鮮血。心電圖跳動出一座一座小山丘。人來。人去。

「你終於醒了。」大哥的臉，佔據全部視線。他戴著口罩。

女孩的聲音傳來：「醒了？真的？你醒了嗎？」她從病床旁快速摸索到我身邊，臉上也戴著口罩。她緊緊握住我的手，眼淚從紅腫的雙眼潰流。

「妳怎麼還在這裡？」我的聲音乾燥，沙漠住進嘴唇。「妳現在不是應該從阿爾卑斯山打電話給我嗎？」

二哥的聲音闖進耳朵：「別說啦！多虧你突然發病，不然我們五兄弟一定會找她找到發瘋。」

我說：「對不起，小妹，我不是故意的，都是我害妳的。」

女孩擦乾眼淚說：「對嘛！不是跟你說了，不准抱任何人，你看看，你看看，現在躺在病床上的是誰？」

「對不起啦……」

三哥的聲音說：「對不起什麼，我們還要謝謝你！不然這個野小妹現在不知道發生什麼事了。」

「你們擋不住我的！等他康復，我半夜都會帶著漢尼寶爬出窗戶！」

我想要用手指撫摸嘴唇沙漠，才發現我雙手插滿了點滴針頭。我對著女孩說：「小妹，完蛋啦，這下妳眞的走不了了，因爲我知道，我好不了了。」

醫生隨後進來跟我討論檢驗報告，我無法聽懂每一句法文，但是那些關鍵字，我聽得一清二楚。

病毒，應該是從男孩插進我身上的那幾百根針頭而來。那些針頭不知道扎過多少人的靜脈動脈，病毒跟隨那些藥物注進我的身體，從此定居，一天一天慢慢地破壞我的免疫系統。

收音機音量，逐漸微小。

「大哥，對不起，害你們全部都留下來，你們其實可以回台灣了，我會沒事的。」

「都病成這樣，還說沒事！你幫我們那麼多忙，我們能留多久，就留多久，飯店老闆也是台灣來的，也不會跟我們計較住宿費。」

「壁虎。」

我抬頭看著大哥，這個名字遙遠而陌生。

「前幾天，你還在昏迷的時候，我終於想起來我在哪裡見過你了。記不記得，百香果大草原？記不記得，『達芬奇』馬戲團？」

腳步聲推開門。

來了。

他來了。

他追上來了。

第四章 複製

我的複製。

和我長得一模一樣的男人，推開病房門走進來。

他拉下口罩，露出整張臉。

我看著他，他看著我，壁虎與屁股對看。

我被植入一個沒有細胞核的卵細胞，細胞快速形成胚胎，生出一個完美的複製。

他比我老，但對照我這幾年的快速衰老，加上此刻我被病菌侵蝕的臉龐，我們幾乎是照鏡相對。

他變年輕了。

我變老了。

他從老年的冰河往回走，走進春天花塢，肚子堆積的餿水排掉了，肌肉變結實，嘴唇削薄；我從年輕的花園往前走，走進冰封雪洞，張狂的病菌在我身上刮出皺紋，髮絲稀疏。我們在這個我即將墜落的時間點，兩條河交會。

父親。

殘破的父親形象，以最清晰的複製，在我面前復活。我曾經有幾次在照鏡時刻，望見熟悉的父親臉龐，逼得我把鏡子砸碎，結果一地的鏡子碎片繼續映照，複製了更多的父親。原來，判斷一個人是否老去，端看他是否長得越來越像父親。

此刻，他就像是記憶裡，當年那個身上纏繞著一隻黃金蟒的年輕父親。

大哥說：「我一直覺得你眼熟，後來才想起來，我是在一場表演裡看過你。你昏迷的時候，我打電話回台灣，透過管道找到了『達芬奇馬戲團』，和你爸通上了電話，才知道原來當初我看到的是你爸，他在舞台上表演軟骨，在燈光下看起來根本就跟你長得一模一樣。結果你爸聽到你在醫院，二話不說就飛來這裡看你。」

我看著面前這個我的複製，這個我殺死的父親形象，此刻有我無法辨認的笑容。他走向我，眼神溫柔地置放在我身上。我不記得這樣的父親容貌，體態緩慢輕盈，沒有咒罵沒有命令，一語不發，只是良久凝視，如同我是博物館牆上的珍藏。

女孩和哥哥們離開病房，留下對望的兩人。

許久，父親終於開口：「感覺很不眞實。這幾年，我以爲，應該是見不到你了。」

他拿出一牛皮紙袋，拿出了一整疊明信片說：「每隔幾個月，我們就會收到你寄來的明信片。你媽還在牆上貼了一張歐洲地圖，我們照著明信片上的郵戳，把你去過的地方釘上圖釘，上個禮拜，我們才剛收到這邊寄回去的明信片。」

「你們？」什麼時候，父親與母親變成「我們」了？

「壁虎，你走了之後，一切改變了很多。我和小丑老闆合夥，一起重新在百香果大草原上把『達芬奇』給重新經營起來，搭了一個新的帳棚，請來了很多新的藝人，你媽也加入了我們。壁虎，你走了之後，我過了一段很消沉的日子。是你媽，她幫助我重新練習軟骨，幫我戒菸戒酒，沒有她，我現在不會是這個樣子。我用你的名字『壁虎』重新站上舞台，她眞的幫了我很多忙。」

病房門再度打開。

紅色。

紅色戴著口罩，緊緊抱住我。

紅色說：「你醒了，你終於醒了。」

我懸掛著。

句子的最後一字。歌曲的最後一個音符。嘆息的尾音。離去前的道別。

我的身體情況持續惡化，皮膚上開始出現腫瘤與淋巴瘤。母親餵我吃她煮的稀飯，細軟的米粒嚐起來都是眼淚的味道。她強忍著眼淚說：「你生下來就有個特別的胎記，雖然被這個很醜的刺青給蓋掉了，但是你看看，你現在身上多了好多刺青，老天爺就是喜歡在你身上留記號，躲也躲不掉。」

我的病變擴散到腦部，意識濃霧，每個人在我耳邊說的話，在我腦裡都變成亂碼。

我看著身上這些新長的胎記，每一個長得都像壁虎，在我身上吱吱叫，緩慢地蠕動。

我的名字叫，壁虎。

我四隻腳上，有幾百萬的細毛分叉，發出靜電，讓我垂掛在天花板上。現在，我只剩下兩隻腳還黏在天花板上。

我身上插滿了各種管子，各種顏色的液體在我身上來去。我跟母親要求和小妹獨處，小妹坐在病床旁，臉上的眼淚忘了擦乾。她以一貫的語調說：「漢尼寶被醫院禁止進來看你，牠都快氣死了。我只好跟牠說，等你好了，我們就可以一起跳進地中海去游泳啦！」

「小妹，妳要走，就要趕快走。」

「壁虎哥，我不……」

我打斷她：「今晚就走，翻牆，破窗，不管，妳要趕快走。」

「不要啦，我要留下來陪你，哥哥他們也答應了！」

我拔掉鼻子上的氧氣管，突然在床上起身，彷彿我身上一點病痛都沒有。

「我要我媽，幫我拿這個到這裡來，這個箱子，就是我所有的財產，我到哪裡都是這個箱子。」我從桌上打開我的行李箱，拿出藍韶送我的黃玉佩，掛到女孩的身上說：「這是一個到處環遊世界的女人送我的，帶著這個，妳和漢尼寶，一定會跟她一樣，到處闖蕩，不用靠任何人。別忘了，妳是女將軍。等妳完成夢想，再請人在這個玉佩上面刻上點字，就寫：漢尼寶。」

女孩用手摸著玉佩，臉上升起笑容。

「我懂了，壁虎哥。」她起身緊緊抱住我。

「漢尼寶女將軍。」

「沒有名字的怪人。」

女孩在那天晚上，牽著漢尼寶離開了。五個哥哥為了不讓她又逃跑，輪流和她睡在同一個房間，還把漢尼寶鎖在另外一間房間。隔天一早，母親跟我說：「我真的覺得小妹說她看不見是騙人的。今天早上，她五個哥哥全被反鎖在房間裡，和她同房間的那個哥哥被繩子綁在椅子上，嘴巴用膠帶貼住。小妹和那隻黃金獵犬，已經不見了。他們看飯店的監視器，整天晚上也沒有看到小妹離開飯店的影子。好像，她就是突然消失了。」

我微笑懸掛著。此刻，我放開一隻腳，只剩一腳依附在天花板上。

最後。

我也該走了。這白色冰冷的病房，不應該是旅途的終點。

我醒在只有我一個人的病房裡。我身體輕盈，每天咬齧我身體的各種病毒被我每天吞服的各種彩色藥丸給暫時催眠了。我知道，該是我走的時候了，這段旅程還沒有結束。

我拔掉身上所有的插管、點滴，沒有痛楚，纏住我的蜘蛛網失去黏性，我輕盈墜落。我拿出行李箱裡的衣物穿上，正是我離開「達芬奇馬戲團」那天所穿的那套衣服。聽說外頭春天將至，我決定要去看看。

我輕步走過走廊，向父母親告別。父親睡在醫院走廊沙發，母親靠在他肩膀上，兩人手心緊握。我遠遠地向他們揮手，對不起，爸爸，媽媽，這是我現在所能負擔的道別，無法有語言，無法有擁抱，但是我知道，你們醒來之後，會不自覺地向走廊的盡頭，揮揮手。

然後，你們會忽然懂了。

我搭上計程車，越過邊界，來到法國，在一個陌生的小村莊下車。司機收下錢，問我到底要去哪裡？我說，我知道這個山坡後面，有一整片草原，那裡有星星，還有許多剛結束冬眠的小花朵。

我一直走，一直走，星子剛被夜晚點在天空上，村落的人家飄出晚飯的味道，有煎熟的香腸、溶在湯裡的起司、剛被刀子切開的大蒜、還有藏了幾年的紅酒。一個白髮老太太站在庭園裡看著天空，我加入她，兩個人就像是認識一輩子的朋友一樣，看著滿天芝麻星星。

我問她：「草原呢？」

她手指山丘後方，親吻我的臉頰，走回她的房子。

我沿著她手指的方向，走進一條碎石小路，慢慢繞過山丘。小路的盡頭，一整片草原開展眼前，白色的小花朵開滿整片草原，風溫暖吹拂。我走到草原中央，舒服地躺下。整個世界，就只剩下我一個人。

我全身的骨頭都鬆掉，不再以關節緊接，我頭上的頭髮一根一根掉落，像是蒲公英飄散春風中。我把身上的衣物全脫掉，蔓草讓我覺得溫暖。剛下過雨，土壤濕潤，螞蟻爬滿我身上，蝴蝶睡在我的胸前。從十歲那年跟著父親進馬戲團那天到現在這一刻，我第一次，完完整整，毫無疑問，覺得我終於找到了，家。

「睡覺不蓋被子，小心著涼。」死去的那個母親，坐在我身邊，一如記憶裡溫柔。

「你身上多了好多胎記啊！」人魚娜娜在草原裡奔跑，雙腳如翅。

「謝謝你，完成了我們的約定。」濕漉漉的塔提亞娜在我額頭上一吻，她騎著鯨魚而來。

柚子的香氣傳來，一頭大象吃著新長出的草，那是喧嘩。

某處，有電話的鈴聲響著。

小妹，我知道是妳。

我終於不再懸掛，微笑放開手。

我一起和春天，墜落在這片綠色草原裡。

INK PUBLISHING 文學叢書 164

態度

作　　者　陳思宏
總 編 輯　初安民
責任編輯　陳思妤
封面設計　永真急制 Workshop
美術編輯　永真急制 Workshop　張薰芳

發 行 人　張書銘
出　　版　INK 印刻出版有限公司
台北縣中和市中正路 800 號 13 樓之 3
電話： 02-22281626
傳真： 02-22281598
e-mail : ink.book@msa.hinet.net
網　　址　舒讀網 http://www.sudu.cc

法律顧問　漢廷法律事務所
劉大正律師
總 代 理　展智文化事業股份有限公司
電話： 02-22533362 · 22535856
傳真： 02-22518350
郵政劃撥　19000691 成陽出版股份有限公司
印　　刷　海王印刷事業股份有限公司

出版日期　2007 年 8 月　初版
ISBN　978-986-6873-30-0

定價　260 元

文建會 培土計畫贊助出版

國家圖書館出版品預行編目資料

態度／陳思宏 著.－－初版，
－－臺北縣中和市： INK 印刻，
2007〔民 96〕面 ；　公分（文學叢書； 164）

ISBN 978-986-6873-30-0（平裝）

857.7　96010939